김수영을 읽다

김수영을 읽다

자유와 사랑,
자기반성과 혁명 정신

전국국어교사모임 지음

머리말

'김수영은 살아 있다.' 이 말은 김수영이 육체를 가진 인간으로서 생명을 이어가고 있다는 말이 아니다. 인간 김수영은 1921년에 태어나 1968년에 죽었다. 하지만 시인 김수영은 살아 있다. 이 말은 시인으로 그가 남긴 시와 말들이 현재진행형이라는 의미다. 우리가 여전히 김수영이 열어놓은 한국 현대시의 영역 안에 살고 있다는 말이기도 하다.

김수영의 시는 어렵다. 교과서에 자주 수록되는 〈풀〉, 〈폭포〉와 같은 작품을 김수영의 대표작으로 알고 김수영을 읽기 시작한 독자에게 김수영의 시는 낯설고 충격적이다. 김수영의 시는 단번에 이해되기보다는 반복해서 읽으며 그 의미를 탐색해야만 비로소 그 의미가 드러나기 때문이다. 김수영의 시는 독자에게 자신의 시 안에서 머물며 계속 읽어주기를 끈질기게 요구한다. 그래서 어떤 연구자는 한국 현대시가 어려워진 이유를 김수영에게서 찾기도 한다.

그뿐만 아니라 김수영의 시는 '독자 자기 자신과의 대면(對面)'

을 필요로 한다는 점에서 읽기 힘들다. 1980년대 초반 김수영 전집을 묶어낼 때 작업에 참여했던 황동규 시인은 김수영 시를 해설하며 "그는 잘 닦여진 거울이다."라는 말을 했다. 이 말은 김수영은 '거울'이어서, 독자가 자기 자신을 마주해야 한다는 뜻이다. 자기 자신을 정면으로 응시할 용기가 없는 사람은 김수영을 읽기 어렵다. 김수영을 읽으면 끊임없이 못나고 비겁한 자기 자신을 마주하게 된다.

그렇게 힘들고 어려운 김수영의 시를 왜 읽을까? 김수영이 죽은 지 50년이 지난 지금에도 김수영의 시는 왜 항상 논란의 중심에 설까? 읽으면 마음이 편해지기보다는 오히려 불편하게 독자를 다그치는 그의 시를 지금 우리가 읽어야 할 까닭은 무엇일까?

김소월, 백석, 서정주, 이육사, 정지용, 윤동주와 같이 100여 년의 근대시사에 우뚝한 이름을 남긴 시인에 대한 평가는 대체로 어떤 합의에 이른 것이다. 서정주처럼 시인의 삶에 대한 공과(功過)는 다툴 여지가 있어도, 시 자체에 대한 평가는 크게 다르지 않다. 예를 들면, 김소월은 우리 전통의 가락과 정서를 시에 담아냈고, 백석은 지역어로서의 한국어를 가다듬어 북방의 정서를 보여주었다.

이에 비해 김수영의 시는 극단적인 평가가 맞서 있다. 김수영의 시는 시가 아니라는 혹평이 있는가 하면, 김수영이야말로 한국 현대시의 진정한 완성자라는 극찬이 있기도 하다. 김수영의 시를 인정하지 않는 관점에서 보자면 김수영의 시는 관념의 과잉이다. 시에 담고자 한 관념이 시의 그릇 바깥으로 넘쳐 흐른다는 것이다. 김수영의 성취를 인정하는 관점에서는, 김수영은 시가 담을 수 있는 것이 개인적 정서와 감정에 그치지 않고 확장될 수 있음을 보여주었기에 의미 있다고 본다.

이에 따르면 김수영은 관념과 사상의 영역에서 새로운 문을 열어낸 것이다. 김수영은 한국시에 '현대'를 선물한 시인이다. '모더니티'를 단순한 시의 표현 측면이 아니라 시 창작과 시 정신의 측면에서 처음으로 의식했고, 이를 작품에 성공적으로 반영한 시인이 바로 김수영인 것이다.

　독자에게 김수영의 시는 독자 자신의 시에 대한 감각을 기를 수 있는 좋은 시험대이자 독자의 시적 지향성을 가늠할 수 있는 나침반이기도 하다. 김수영의 어렵고 난해한 시를 반복해서 읽다 보면 어느새 반짝이는 눈빛으로 시를 노래하는 김수영 시인의 진면목을 마주할 수 있을 것이다.

　이 책은 김수영 시를 먼저 접한 선배가 김수영 시를 접할 후배에게 김수영 시를 좀 더 쉽게 만날 수 있도록 안내하는 책이다. 이 책을 읽으며 김수영 시의 매력을 느낄 수 있었으면 좋겠다. 그리하여 우리의 청소년들이, 바삐 사는 현대인들이 김수영의 넓고 깊은 시 세계를 즐겁게 여행하면 좋겠다.

이성수

차례

일러두기

1. 김수영 시의 원본은 《김수영 전집 1》(이영진, 민음사, 2018)을 기준으로 하였습니다.

2. 원본 중 한자는 모두 한글로 바꾸었습니다.

3. 현대어로 바꾼 것은 《김수영 전집 1》(이영진, 민음사, 2018)과 《김수영 육필시고전집》(민음사, 2009)을 참고하였고, 더 바꿀 필요가 있는 것들은 선생님들과 협의하여 가장 적절한 것으로 선택하여 바꾸었습니다.

4. 원문을 현대어 표기법(맞춤법과 띄어쓰기 등)에 맞게 바꾸었고, 원문의 뉘앙스를 살려야 할 필요가 있는 시어들은 그대로 살려두고 각주를 달아 설명하였습니다.

5. 마침표나 쉼표 등은 꼭 필요한 경우가 아니면 원문과 같게 표시하였습니다.

6. 작품의 배치 순서는 작품 발표일(미발표작인 경우 탈고일)을 기준으로 하였습니다.

김수영의

삶과

작품

세계

김수영의 삶

• 김수영의 생애는 최하림의 《김수영 평전》, 강신주의 《김수영을 위하여》, 김현경의 《김수영의 연인》을 참고하였다.

"아픈 몸이 / 아프지 않을 때까지 가자"(《아픈 몸이》). 시인 김수영은 아픔이 가득했던 시대를 견디며, 그 아픔을 품고 앞으로 나아가며 살아간 시인이다. 그의 삶과 시에는 일제로부터의 독립과 대한민국 정부 수립, 그리고 6·25전쟁, 4·19와 5·16에 이르기까지 한국 현대사가 고스란히 새겨져 있다.

1921년 11월 27일, 김수영은 서울 종로구 종로2가 158번지에서 아버지 김태욱과 어머니 안형순 사이에서 8남매 중 장남으로 태어났다. 할아버지 김희종은 경기도 파주와 강원도 철원 등지에서 500여 석의 쌀을 거두는 지주로, 정3품 통정대부 중추의관을 지냈다. 하지만 아버지 김태욱에 이르러 가세가 기울게 된다.

어린 시절 김수영은 8남매의 장남이자 타고난 총명을 가진 수재로 집안의 기대를 받으며 자랐다. 그런데 고등학교 진학을 앞두고 장티푸스, 뇌막염, 폐렴을 앓는다. 그 때문에 1935년 경기도립상고보에 응시했지만 낙방하고, 결국 선린상업고등학교 야간

부로 진학한다. 이후 1941년 일본으로 건너가 도쿄 조후쿠〔城北〕
고등예비학교에 들어갔다. 그러나 학교를 중퇴하고 '미즈시나 하
루키 연극연구소'에 다니며 연극에 빠져 연출 수업을 받는다.

1944년에 귀국한 이후에는 조선 학병 징집을 피해 종로6가에
있던 고모 집에서 머물게 된다. 그러다 태평양전쟁의 확전으로
인해 가족들이 만주로 이주하게 되자 그 뒤를 따라 만주 길림성
으로 간다. 그곳에서 '길림극예술연구회'에 참여하여 임헌태 등의
청년들과 독일극을 번역하여 〈춘수와 같이〉를 무대에 올린다.

1945년 9월, 평양을 거쳐 가족과 서울로 돌아온 다음에는 충무
로4가에 집을 마련하고 영어학원을 개설하여 영어를 가르친다.
이 무렵 김수영은《예술부락》에 시 〈묘정의 노래〉를 발표하며 등
단하고, 이를 계기로 연극에서 문학으로 관심을 돌리게 된다. 이
듬해인 1946년 4월 연희전문 영문과 4학년에 편입했으나 그만두
고, 영어학원에서 강사, 통역 일을 한다.

시인 박인환을 만나 그와 교류하고, 박인환이 경영하는 서점인
마리서사에서 김기림, 김광균 등과 안면을 넓히며 문단으로 진
입하게 된다. 그리고 1949년 간행된《새로운 도시와 시민들의 합
창》에 〈아메리카 타임지〉, 〈공자의 생활난〉을 발표한다.

동무여, 이제 나는 바로 보마.
사물과 사물의 생리와

사물의 수량과 한도와
사물의 우매와 사물의 명석성을,

그리고 나는 죽을 것이다.

(〈공자의 생활난〉에서)

〈공자의 생활난〉은 '동무여, 이제 나는 바로 보마.'라는 선언을
통해 김수영 시 특유의 정신을 천명한 것으로 주목할 만하다. 평
론가 김현은 이 구절이 김수영의 전 작품을 관통하고 있는 정신
이며, '바로 본다'는 것이 기존의 관습을 넘어서서 자신만의 눈으
로 세상을 재인식하겠다는 선언이라고 했다. '나는 바로 보마.'라
는 말은 김수영 시의 정신이자 좌표가 되어 그가 평생을 시류와
맞서 싸우며 살아가게 했다.

1950년에 김현경과 결혼하여 동숭동에서 살림을 차리고 서울
대학교 의과대학 부설 간호학교에 영어 강사로 출강하게 되었다.
언뜻 그의 삶이 안식을 찾는 듯했다. 그러나 신혼 초기의 단꿈은
오래가지 못했다. 그해 6월 한국전쟁이 일어났기 때문이다. 북한
군을 피해 남하하지 않고 서울에 머무르던 김수영은 9월 무렵 '문
화공작대'라는 이름으로 의용군에 강제 동원된다. 북쪽으로 향하
던 의용군이 유엔군과 혼전을 벌이는 틈에 탈출하여 서울 충무로
의 집 근처까지 내려왔으나, 경찰에 체포당해 거제도 포로수용소

에 수용된다.

수용소에서 김수영은 영어 실력 덕분에 수용소 내 미국 야전병원의 통역관이 될 수 있었고, 생사를 넘나드는 상황에서 목숨을 부지할 수 있게 된다. 이때의 경험은 김수영에게 평생 지울 수 없는 흔적을 남겼고, 자신의 시를 전개해 나가는 데 중요한 시적 자산이 되기도 한다. 그러나 김수영은 거제도 포로수용소에서 겪은 일을 시 작품 외적으로는 거의 발설하지 않았다.

1952년 12월 포로수용소에서 석방된 김수영은 이듬해 대구에서 미8군 수송관 통역 일을 맡게 되고, 이후 부산에서 선린상고 영어 교사로 취직하며 다시 일상으로 돌아온다. 그리고 전쟁통에 헤어져 소식이 닿지 않던 아내와 다시 만나게 되고, 우여곡절 끝에 1954년 서울로 돌아와 성북동에 자리를 잡는다.

1955년에는 마포구 구수동으로 이사하는데, 여기서 생계를 잇기 위해 닭을 치는 양계업을 하게 된다. 이 구수동 시기는 김수영의 삶에서 얼마 안 되는 평온한 시기였다. 김수영은 서울에서 나고 자라 도시 시인으로서의 면모가 강한 편인데, 이 시기 창작된 작품들에는 그가 보고 접한 한강변의 자연이 담겨 있다. 김수영은 자신의 산문에서 양계를 하는 일의 고단함을 하소연하고 있지만, 닭을 키우는 일은 오히려 김수영에게 안정감과 즐거움을 선사한 것 같다. 이 시기에 김수영은 〈눈〉, 〈폭포〉, 〈꽃〉, 〈봄밤〉, 〈초봄의 뜰 안에서〉, 〈비〉, 〈밤〉 등의 시를 발표했고, 1958년 11월에는 '제1회 한국시인협회상'을 수상한다.

김수영은 1959년 서른아홉 나이에 첫 시집을 발간한다. 춘조사에서 '오늘의 시인선' 제1권으로 간행된 《달나라의 장난》이 그것인데, 여기에는 40여 편의 시가 수록되어 있다. 이 시집은 그가 생전에 펴낸 유일한 작품집이다.

> 팽이는 지금 수천 년 전의 성인과 같이
> 내 앞에서 돈다
> 생각하면 서러운 것인데
> 너도 나도 스스로 도는 힘을 위하여
> 공통된 그 무엇을 위하여 울어서는 아니 된다는 듯이
> 서서 돌고 있는 것인가
> 팽이가 돈다
> 팽이가 돈다

(《달나라의 장난》에서)

표제작 〈달나라의 장난〉은 돌고 있는 팽이를 들여다보며 스스로의 힘으로 돌기를 작정하는 화자의 모습을 담고 있다. 김수영은 이 시에서 혼자 힘으로 일어서기를 선언하고 있는 것이다. 2018년에 발간된 김수영 50주기 기념 시해설집의 제목은 '너도 나도 스스로 도는 힘을 위하여'인데, 이는 바로 〈달나라의 장

난)에서 따온 것이다. 그만큼 '스스로 도는 힘'은 김수영의 시 세계를 이해하는 중요한 단서이다.

하늘과 땅 사이의 통일로 느끼면서 동시에 남도 북도 없고 미국도 소련도 아무것도 두려울 것이 없습니다. 하늘과 땅 사이가 온통 자유 독립 그것뿐입니다. 헐벗고 굶주린 사람들이 그처럼 아름다워 보일 수가 없습니다. 나의 온몸에는 티끌만 한 허물도 없습니다. 그러니까 나의 몸은 전부가 극장입니다. 자연입니다. 4월의 재산은 이러한 것이었고, 이 남은 4월을 계기로 해서 태어났고, 그는 아직까지도 작열하고 있소.

(최하림, 《김수영 평전》, 실천문학사)

김수영의 시 세계에서 1960년에 일어난 4·19혁명은 매우 중요한 사건이다. 이 사건을 계기로 김수영은 관조적 모더니즘 시에서 참여의식이 가득한 시로 나아가게 된다. 김수영은 보통 1년에 10편 남짓의 작품을 창작했는데, 4·19 전후에는 연이어 시를 썼다. 〈하 그림자가 없다〉, 〈그놈의 사진을 떼어서 밑씻개로 하자〉, 〈육법전서와 혁명〉, 〈푸른 하늘을〉, 〈가다오 나가다오〉 등이 이때 쓰인 작품들이다. 이 시들에서 김수영은 4·19혁명에 대한 기쁨과 기대, 그리고 좌절에 대한 절망과 분노를 가감 없이 드러내고 있다.

자유를 위해서

비상하여 본 일이 있는

사람이면 알지

노고지리가

무엇을 보고

노래하는가를

어째서 자유에는

피의 냄새가 섞여 있는가를

혁명은

왜 고독한 것인가를

혁명은

왜 고독해야 하는 것인가를

(《푸른 하늘을》에서)

그러나 4·19혁명에 대한 기대는 오래가지 못한다. 1961년 5월 16일 박정희의 군사쿠데타가 그 기대를 무참히 짓밟고 말았다. 김수영은 한국전쟁 때 의용군에 징용되었던 이력 때문에 공격당하지 않을까 두려워했다. 자신의 비판적인 시각이 공산주의로 매도될까 걱정했던 것이다. 이런 상황에서 반공을 국시로 삼는 군사정권이 수립되자, 김수영은 며칠간 친구의 집에서 숨어 지내게 된다. 그러다 얼마 후 머리를 빡빡 깎고 돌아온 그는 비극적이고 자학적인 내용을 담은 연작시 〈신귀거래(新歸去來)〉를 발표한다. 이 연작시는 5·16 군사쿠데타와 4·19혁명의 실패에 대한 충격을 반어와 풍자의 기법으로 표현하고 있다. 이후 김수영은 현실에서의 혁명은 존재하지 않는다고 생각하고, 시에서의 완전한 혁명을 꿈꾸게 된다.

1967년에 김수영은 당대의 평론가 이어령과 '순수·참여문학' 논쟁을 벌인다. 이 과정에서 김수영은 문학의 현실 참여를 강조했으며 강렬한 비판 정신을 보여주었다. 이렇듯 문학에 대한 자신만의 견해를 펼쳐나가던 김수영은 1968년 4월 13일, 펜클럽 주최 부산 문학세미나에서 〈시여 침을 뱉어라〉라는 글을 발표하며 자신의 시론(詩論)을 본격 개진했다.

시는 온몸으로, 바로 온몸으로 밀고 나가는 것이다. 그것은 그림자를 의식하지 않는다. 그림자에조차 의식하지 않는다. 시의 형식은 내용에 의지하지 않고, 그 내용을 형식에 의지하지 않는다. 시는 그림자에조차 의지하지 않는다. 시는 문화를 염두에 두지 않고, 민족을 염두에 두지 않고, 인류를 염두에 두지 않는다. 그러면서도 그것은 문화와 민족과 인류에 공헌하고 평화에 공헌한다. 바로 그처럼 형식은 내용이 되고 내용은 형식이 된다. 시는 온몸으로, 바로 온몸을 밀고 나가는 것이다.

'시는 온몸으로 밀고 나가는 것'이라는 '온몸시학'을 드러낸 김수영은 이런 자신의 시론을 작품으로도 담아내고자 했으나 안타깝게도 그에게 남은 시간은 그리 많지 않았다. 불의의 사고가 그를 덮치고 만 것이다.

1968년 6월 15일 토요일. 이날 김수영은 번역한 글의 원고비를 받아 기분이 좋았다. 친한 친구였던 신동문 시인과 만나 여느 때처럼 술을 마시러 갔다. 이후 한국일보 기자 정달영, 《소설 알렉산드리아》를 발표하며 문단의 주목을 받던 신예작가 이병주와 함께 청진동과 을지로 일대를 돌며 술자리를 가졌다. 이병주가 한 잔 더 하자는 것을 뿌리치고 버스를 타고 마포를 지나 서강 종점에 내린 것은 밤 11시 30분경. 집으로 걸어가던 그는 갑작스레 인도로 뛰어든 버스에 치이고 만다. 급히 적십자병원으로 옮겨졌으나 6월 16일 아침 8시, 결국 숨을 거둔다. 그의 나이 48세였다.

김수영의 작품 세계

생전의 김수영 시인은 186편의 시를 썼고, 단 한 권의 시집을 세상에 내놓았다. 김수영 연구자들은 특정한 주제어, 이를테면 '자유'라든지 '사랑' 같은 것을 내세워 김수영의 작품 세계를 정리하기도 하고, '모더니즘문학' 또는 '참여문학(앙가주망)' 같은 문학적 태도를 기준 삼아 정리하기도 한다. 이 책에서는 김수영 문학을 처음 대하는 독자들을 위해 시대의 흐름에 따라 살펴본다.

김수영의 작품 세계에 영향을 끼친 결정적 사건은 4·19혁명이다. 따라서 4·19혁명을 기준으로 그 이전을 전반기, 그 이후를 후반기로 나눈다. 전반기는 다시 한국전쟁을 기준으로 나뉘고, 후반기는 5·16 군사쿠데타를 기준으로 나뉜다. 결국 김수영의 작품 세계는 크게 네 기간으로 나누어 살펴볼 수 있다.

① 1945~1950년: 등단부터 한국전쟁까지
② 1950~1960년: 한국전쟁 이후부터 4·19혁명 이전까지

③ 1960~1961년: 4·19혁명부터 5·16 군사쿠데타 때까지

④ 1961~1968: 5·16 군사쿠데타 이후부터 사망 때까지

(1) '바로 보마'의 시기 (1945~1950)

김수영은 1946년 문학 동인지 《예술부락》에 〈묘정의 노래〉를 발표하며 등단했다(시의 창작 연도는 1945년). 이후 1950년에 한국전쟁이 일어나기까지 김수영은 대략 10편 남짓의 작품을 썼다. 특히 김경린, 박인환 등과 함께 펴낸 《새로운 도시와 시민들의 합창》(1949)이라는 시집에 수록된 작품들은 대체로 난해하면서도 도시적이고 관념적인 모더니즘시의 면모가 뚜렷하다. 이 시집에 수록된 〈아메리카 타임지〉는 현대 문명과 도시 생활을 비판적으로 노래하고 있다. 그러나 훗날 김수영은 자신의 산문에서 이 시기 작품들이 "시를 얻지 않고 코스튬(costume)만 얻었다."라며, 모더니즘을 흉내 내기에 급급했다고 평가했다.

1950년대 모더니즘 시인들과 김수영이 구별되는 점이 있다면, 서구의 유행 사조를 뒤쫓기보다 1950년대 현실을 있는 그대로 인식하려는 점이었다. 이 점이 김수영 시의 주요 특징으로 자리 잡는데, 그것은 개인의 삶에 대한 비판적인 인식, 그리고 세상에 대한 자신만의 올바른 인식을 갖추겠다는 각오이다. 〈공자의 생활난〉에 등장하는 '바로 보마'라는 표현이 그것인데, 이는 해방 후의 현실을 직시하고 세상을 이해하겠다는 다짐일 것이다. 다만

이러한 관찰자적인 태도는 적극적인 행동이 결여되어 있다는 점에서 한계로 지적되기도 한다.

(2) 생활의 설움과 비애, 팽이의 홀로서기 (1953~1959)

김수영은 한국전쟁 때 죽음의 위기에 내몰리는 극한 상황을 경험한다. 전쟁이 일어난 후 피란길에 올랐던 대부분의 다른 문인들과 달리 서울에 남아 있던 그는 의용군으로 강제징용을 당한다. 북으로 가던 중 유엔군과 벌어진 교전을 틈타 가까스로 탈출하여 서울 근방까지 내려왔다가 다시 전쟁포로로 잡히고 만다. 거제도 포로수용소에 수용되었다가 영어 실력을 인정받아 미군의 통역 역할을 하면서 가까스로 사지에서 벗어날 수 있었다.

이때의 전쟁 체험은 김수영에게 지우기 힘든 정신적 충격을 주었던 것으로 보인다. 그러나 사람을 죽여보았느냐는 어머니의 물음에 "내가 죽이지 않으면 죽임을 당하는 곳"이라고 답했을 뿐, 이때의 경험에 대해 구체적으로 이야기한 바가 없다. (다만 〈내가 겪은 포로 생활〉 같은 산문에 그 기록을 남기기는 했다.) 이 전쟁 체험은 이후 김수영에게 내내 반공 콤플렉스로 작용하기도 한다.

전쟁이 끝난 이후 김수영은 헤어졌던 아내와 다시 만나 서울로 돌아온다. 떨어져 있던 사이 장남이 태어나 있었고, 김수영은 이제 전쟁으로 풍비박산이 된 가정을 다시 일구어야 하는 상황에 놓였다. 이전의 관찰자적인 태도로는 더 이상 살아갈 수 없었기에 김수영은 생활 속으로 깊숙이 발을 담근다. 전쟁 직후 김수영에게는 생활인으로서 살아남아야 하는 것이 절대적인 과제였다.

김수영의 작품도 이에 따라 이전의 추상적이고 관념적이던 면모가 사라지고, 구체적인 일상의 모습이 작품 속에 자리 잡기 시작한다. 관찰자적인 태도에서 벗어나 현실과 사회의 변화에 따라 삶을 영위해 가는 생활인으로서의 면모가 드러나는 것이다.

〈달나라의 장난〉이라는 시에서, 화자가 팽이가 도는 모습을 보며 '스스로 도는 힘'을 가져야 한다고 자각하는 것처럼, 김수영은 시인으로서나 생활인으로서 자립하려는 노력을 기울였다. 하지만 그것이 여의치 않았기에 그의 이런 노력은 '설움'과 '비애'의 정서로 표출된다.

현실을 바로 보고자 하는 김수영의 노력은 점차 새로운 시대 인식의 촉구와 새로운 현대시의 모색으로 이어진다. 이를 위해 김수영은 일상어를 시 속으로 끌어들이는데, 이는 1950~1960년대 시단의 상황에서는 실험적인 일이었다. 일상어를 적극적으로 끌어들이면서 동시에 철저한 자기반성과 결연한 의지를 드러내는데, 이를 잘 보여주는 작품이 〈폭포〉이다.

폭포는 곧은 절벽을 무서운 기색도 없이 떨어진다.

규정할 수 없는 물결이

무엇을 향하여 떨어진다는 의미도 없이
계절과 주야를 가리지 않고
고매한 정신처럼 쉴 사이 없이 떨어진다.

　무서운 기색도 없이 곧은 절벽을 떨어지는 폭포의 이미지는 바로 김수영의 시적 태도이기도 했다. 이 시기 김수영은 모더니즘의 영향에서 점차 벗어나며 전쟁 이후의 현실을 바로 보고자 하는 시대 인식을 갖추어 나간 것으로 보인다. 1959년에 간행된《달나라의 장난》은 이 시기의 시적 성과를 수록한 첫 개인 시집이다.

(3) 4·19혁명과 자유의 노래, '푸른 하늘'의 시기 (1960)

　사실 4·19 때에 나는 하늘과 땅 사이에서 '통일'을 느꼈소. 이 '느꼈다'는 것은 정말 느껴본 일이 없는 사람이라면 그 위대성을 모를 것이오. (중략) 나의 온몸에는 티끌만 한 허위도 없습니다. 그러니까 나의 몸은 전부가 '주장'입디다. '자유'입디다.

(〈저 하늘이 열릴 때 − 김병욱 형에게〉에서)

　김수영에게 4·19혁명의 중요성은 아무리 강조해도 지나치지 않다. 그는 4·19혁명을 통해 처음으로 '하늘이 열리는 경험'을 한다. 그가 꿈꾸었던 절대적 자유의 순간이 바로 4·19를 통해 현실에 모습을 드러낸 것이다. 평소 한 해에 10편 남짓한 작품을 집필하던 김수영은 4·19를 전후로 많은 시를 쏟아낸다. 이 시기의 작품들은 모두 4·19혁명과 자유를 이야기하고 있지만, 내용상 세 가지 성향의 시로 나뉜다.

직설적이고 산문적인 풍자시

첫 번째는 4·19혁명의 승리에 대한 감격으로 그간 쌓인 울분을 토하듯 쏟아내는 직설적이고 산문적인 풍자시 형태의 작품들이다. 이 작품들은 격앙된 어조로 자유를 만끽하게 된 기쁨과 희열을 드러내고, 사회에 대해서는 직설적이고 풍자적으로 표현하는 것이 특징이다. 김수영에게 4·19는 거대한 이상주의의 에너지가 폭발하는 개벽의 사건이었다. 동시에 자유를 향한 자생적인 생명이 솟구치는 시간이기도 했다. 독재가 주는 모든 억압에 대해 비판적이었던 김수영은 4·19라는 순수한 민중혁명이 주는 탈중심적 쾌감을 경험한다. 권력이 붕괴되고 모든 억압이 무너지는 기쁨을 그는 다음과 같이 노래한다.

우선 그놈의 사진을 떼어서 밑씻개로 하자
그 지긋지긋한 놈의 사진을 떼어서
조용히 개굴창에 넣고

《〈우선 그놈의 사진을 떼어서 밑씻개로 하자〉에서)

이유는 없다

가다오 너희들의 고장으로 소박하게 가다오

너희들 미국인과 소련인은 하루바삐 가다오

미국인과 소련인은 '나가다오'와 '가다오'의 차이가 있을 뿐

말갛게 개인 글 모르는 백성들의 마음에는

'미국인'과 '소련인'도 똑같은 놈들

가다오 가다오……

(《가다오 나가다오》에서)

내면적이고 자기성찰적인 시

두 번째는 4·19혁명의 감격이 가시고 난 뒤 혁명의 진정한 의미와 자유에 대한 내면의 성찰이 이루어지고 있는 작품들이다. 이 작품들은 사회의 정의에 대한 적극적인 요구와 동시에 진정한 자유를 누리기 위해서는 무엇이 필요한지에 대한 시인 자신의 진지한 성찰을 담고 있다.

자유를 위해서

비상하여 본 일이 있는

사람이면 알지

노고지리가

무엇을 보고

노래하는가를
어째서 자유에는
피의 냄새가 섞여 있는가를
혁명은
왜 고독한 것인가를

(〈푸른 하늘을〉에서)

김수영은 4·19혁명이 자칫 실패로 끝날 수 있다는 예감을 가졌던 것 같다. 〈푸른 하늘을〉이라는 작품은 혁명이란 무엇이며, 혁명은 어떤 모습이어야 하는지를 선언적으로 제시하고 있다. 이를 통해 4·19혁명의 본질을 드러내고자 했던 것이다. 김수영이 파악한 혁명은 본질적으로 '고독'한 것이며, '피의 냄새'가 섞여 있는 것이었다. 김수영에게 '자유'란 주어지는 것이나 거저 얻는 것이 아니라 '피'를 대가로 해서 쟁취하는 것이며, 그 무엇에도 기대지 않는 고독한 것이었다.

혁명 실패에 대한 한탄과 실망의 시

세 번째는 4·19혁명이 실패로 끝날 것에 대한 예감과 실망, 혁명의 왜곡으로 인해 여전히 남아 있을 정치적·사회적 부조리에 대한 분노 등을 담고 있는 작품들이다. 이 작품들에서 김수영은 자유란 무엇인지에 대한 체험과 사색을 계속하며, 진정한 자유에

대해 깨달아가고 있는 모습을 보인다. 또한 사회 현실의 개선을
위해 적극적인 현실 참여를 주장하기 시작한다.

아픈 몸이
아프지 않을 때까지 가자
온갖 식구와 온갖 친구와
온갖 적들과 함께
적들의 적들과 함께
무한한 연습과 함께

<<아픈 몸이>>에서

4·19혁명의 실패로 인한 절망감과 그 극복을 노래한 시다. 김
수영 시인은 4·19혁명의 실패를 '아픈 몸'으로 표현한다. 그러나
그 '아픔'은 극복되어야 할 것이다. 시인은 혁명은 실패했을지라
도 '아픈 몸이 아프지 않을 때까지' '적들과 함께' '무한한 연습과
함께' 나아감으로써 언젠가 혁명이 완수될 것임을 암시한다. 혁명
은 한순간에 기적적으로 달성되는 것이 아니라 무한한 반복을 통
해 비로소 이루어지는 것이다. 현실의 부정적인 면까지 끌어안으
며 나아가려는 시인의 면모를 볼 수 있다.

김수영은 4·19를 겪으면서 추상적·관념적인 자유에서 평등한
삶을 실현하고자 하는 자유, 절대적이면서도 현실에 뿌리박은 자

유를 꿈꾸게 된다. 4·19는 그 자유가 순간적으로 폭발한 순간이었고, 이런 혁명의 시간을 통해 김수영은 시적 열정을 확보한 것이다. 현실에 대한 강렬한 비판의식과 저항의식, 그리고 자유에 대한 지칠 줄 모르는 열망을 시로 노래한 김수영은 1960년대 참여파 시인들의 맨 앞줄에 서게 된다.

(4) 사랑의 예감과 거대한 뿌리의 시기 (1961~1968)

4·19혁명의 기쁨은 오래가지 못했다. 1961년 5월 16일 군사쿠데타로 군부 독재정권이 들어섰기 때문이다. 김수영은 4·19혁명의 실패로 깊은 좌절감과 허무감을 맛보면서 동시에 한국전쟁 때의 의용군 입대 경력이 혹여 자신에게 매카시즘으로 몰아닥치지 않을까 두려워했다. 혁명의 실패로 인한 좌절감과 군부 독재정권에 대한 두려움은 매우 강력한 것이어서 김수영은 아무에게도 알리지 않고 며칠간 세상을 피해 잠적하게 된다. 감당하기 힘든 충격을 극복하고자 한 나름의 대처였을 것이다.

잠적을 끝내고 돌아온 김수영은 〈신귀거래〉 연작을 발표하기 시작하는데, 아홉 편으로 이루어진 〈신귀거래〉 연작은 자기 내면의 좌절감과 허무감을 돌파하기 위해 날카로운 자기 풍자와 사회 비판을 무기로 삼았다. 거침없이 쏟아지는 자기 풍자적 작품인 〈신귀거래〉 연작은 자유를 억압하는 독재정권에 대한 부정적인 인식과 함께 그것을 뚫고 나가려는 시인의 고민을 드러낸다.

누이야

풍자가 아니면 해탈이다

너는 이 말의 뜻을 아느냐

너의 방에 걸어놓은 오빠의 사진

나에게는 '동생의 사진'을 보고도

나는 몇 번이고 그의 진혼가를 피해 왔다

그전에 돌아간 아버지의 진혼가가 우스꽝스러웠던 것을 생각하고

그래서 나는 그 사진을 10년 만에 곰곰이 정시(正視)하면서

이내 거북해서 너의 방을 뛰쳐나오고 말았다

10년이란 한 사람이 준 상처를 다스리기에는 너무나 짧은 세월이다

(〈누이야 장하고나! – 신귀거래 7〉에서)

〈신귀거래〉의 '귀거래'는 중국 송나라의 시인 도연명의 〈귀거래사(歸去來辭)〉에서 가져온 말이다. 도연명이 벼슬을 마치고 고향으로 돌아가며 남긴 이 노래는 소극적인 현실 도피의 태도가 담겨 있다. 〈신귀거래〉 역시 5·16 군사쿠데타로 인한 현실의 무게를 피하고자 하는 시적인 망명이자 도피일 수 있다. 그런 망명의 흔적은 이 연작에서 자주 등장하는 '방'이라는 공간에서 찾을 수 있다. 김수영은 자기 자신을 연작시 안의 작은 방에 숨긴 것이다.

그러면서도 김수영은 이런 현실을 돌파할 방법을 모색했던 것

으로 보인다. 김수영이 시에서 '누이야 / 풍자가 아니면 해탈이다 / 너는 이 말의 뜻을 아느냐'라고 질문을 던질 때, 그 질문은 자기 자신을 향한 것이기도 하다. '풍자'는 현실을 깎아내려 그 무게를 덜어내는 방식이다. '해탈'은 현실을 초월하여 그 무게를 비워내는 방식이다. 어느 쪽이건 현실을 있는 그대로 직시하는 것이라 하기는 어렵다. 그런 의미에서 김수영은 누이에게 '장하고나!'라는 말을 던질 수밖에 없었다. 월북하여 죽었으리라 추정되는 김수영의 동생 사진을 집 안에 둔 누이의 용기에 감복했기 때문이다. 김수영은 여기서 어떤 돌파구를 발견한 듯 보인다.

그러면 온몸으로 동시에 무엇을 밀고 나가는가. (중략) 즉 온몸으로 동시에 온몸을 밀고 나가는 것이 되고, 이 말은 곧 온몸으로 바로 온몸을 밀고 나가는 것이 된다. 그런데 시의 사변에서 볼 때, 이러한 온몸에 의한 온몸의 이행이 사랑이라는 것을 알게 되고, 그것이 바로 시의 형식이라는 것을 알게 된다.

《시에 침을 뱉어라》에서

김수영이 발견한 시적 돌파구는 바로 '온몸으로 시 쓰기'였다. 현실을 온몸으로 밀고 나가는 것, 그것이 곧 시가 되고 사랑이 된다. 그것이 부조리하고 부자유한 현실을 깨뜨리는 방법이었다. 그런 깨달음이 시로 형상화되어 쓰인 작품이 바로 〈사랑의 변주곡〉이다.

　　이 단단한 고요함을 배울 거다
　　복사씨가 사랑으로 만들어진 것이 아닌가 하고
　　의심할 거다!
　　복사씨와 살구씨가
　　한 번은 이렇게
　　사랑에 미쳐 날뛸 날이 올 거다!
　　그리고 그것은 아버지 같은 잘못된 시간의
　　그릇된 명상이 아닐 거다

　시인에게 놓여 있는 현실은 복사씨와 살구씨가 씨앗 속의 가
능성으로만 머물러 있는 '잘못된 시간'이다. 그런 시간을 견디며
시인은 명상을 한다. 그 명상은 언젠가 복사씨와 살구씨가 사랑
에 미쳐 날뛸 날을 꿈꾸는 것인데, 바로 그 순간이 미완으로 끝난
4·19가 완성되는 날일 것이다.

02

키워드로

읽는

김수영 시

공자의 생활난

꽃이 열매의 상부에 피었을 때
너는 줄넘기 작란을 한다.

나는 발산한 형상을 구하였으나
그것은 작전 같은 것이기에 어려웁다.

국수―이태리어로는 마카로니라고
먹기 쉬운 것은 나의 반란성일까.

동무여, 이제 나는 바로 보마.
사물과 사물의 생리와
사물의 수량과 한도와
사물의 우매와 사물의 명석성을,

그리고 나는 죽을 것이다.

작난(作亂) 장난.

꽃이 열매의 상부의 피었을 때

우리는 흔히 꽃이 진 다음에 열매가 맺는다고 생각한다. 그러니 '꽃이 열매의 상부에 피었다'는 말이 낯설게 다가온다. 하지만 자연을 잘 관찰해 보면 꽃은 원래 열매의 상부에 핀다. 호박꽃을 보면 꽃 아래에 장차 호박이 될 부분이 보인다. 그러니 이 표현은 아직 열매가 제 모습을 갖추기 전, 즉 완숙하기 이전이라는 의미로 풀이할 수 있다. 이 해석에 기댈 때, '줄넘기 작란'은 아직 놀이 단계, 즉 유아의 수준에서 벗어나지 못한 상태를 말한다.

발산한 형상

김수영이 '시 쓰기'에 관한 시를 많이 썼다는 것을 염두에 둘 때, '발산한 형상'은 '시 쓰기'로 해석할 수 있다. 시가 시인에게 익숙하고 자연스러운 것이라면 '작전'을 쓸 필요도, '발산한 형상'이라고 표현할 필요도 없다. 하지만 아직 시인에게 시는 '의도적인 행위와 노력' 아니고서는 얻어낼 수 없는 '결과'인 상태다. 그렇기 때문에 '작전' 같은 것이 필요하고 시인에게는 아직 어렵게만 여겨지는 것이다.

나의 반란성 🔍

'국수'를 이탈리아어로 '마카로니'라고 불러야만 먹기 쉬워진다. 그런 자신의 상태를 '나의 반란성'이란 말로 표현하며 의문을 던지고 있다. 당시 '국수'를 보며 그것을 '마카로니'라고 부를 수 있는 사람은 몇이나 되었을까? 모두가 국수를 '국수'라 할 때, 그렇게 부르지 않고 '마카로니'라고 부르는 것은 진정한 마음의 움직임이라기보다 어떤 '포즈(흉내)'일 가능성이 크다. 외래의 것을 숭배하는 사대주의거나 세련됨을 드러내고 싶어 한 치기일 것이다.

그래서 '국수'를 구태여 '마카로니'라고 부르는 것을 두고 화자는 그것이 '작난(장난)일까 작전일까 반란성일까?' 하며 되물어보고 있다. 사물을 있는 그대로 보지 못하고 무엇인가 의도적인 행위를 개입시키는 자신에 대한 되돌아봄이라 할 수 있다.

바로 보마

올바르게 살아가기 위해서 또는 제대로 된 시를 쓰기 위해서는 사물을 제대로 인식하고 바라보는 눈이 필요하다. 화자는 그러한 자신만의 눈과 관점을 갖겠다고 '동무'에게 공언하고 있다. 이 '바로 본다'는 것은 초기 김수영 시에서 두드러지게 나타나는 특징이다. 동시에 김수영이 일생을 두고 고민했던, 삶과 문학에 대한 자신만의 관점 갖기의 싹이 바로 여기서 드러난다고 할 수 있다.

죽을 것이다

"아침에 도를 들으면 저녁에 죽어도 좋다."라는 공자의 말씀을 떠올리게 한다. 제목이 <공자의 생활난>이라는 점에서 마지막 문장은 공자와 관련이 있다. 공자처럼 화자 역시 '바로 볼 수 있게 된다면 죽을 것이다.'라고 선언하고 있다. 그런데 이 문장은 '죽어야 한다'로 풀기도 한다. 그럴 경우, '바로 보기'를 하게 된다면 지금까지의 '나'는 죽고 새로운 '나'로 다시 태어날 것이라는 의미가 된다.

<공자의 생활난>은 김수영 시인이 자신의 첫 작품으로 드는 시 중 하나이다. 공식적인 그의 등단작은 1946년 3월 1일 《예술부락》 제2집에 발표한 <묘정의 노래>이지만, 시인은 이 작품을 마음에 들어 하지 않았고, 《새로운 도시와 시민들의 합창》(1949)에 수록된 <아메리칸 타임지>와 <공자의 생활난>을 자신의 첫 작품으로 꼽았다. 이후 김수영은 첫 작품으로 알려진 세 편이 모두 마음에 들지 않는다고 하면서, 진정한 현대시로서의 면모를 갖춘 첫 작품은 <병풍>과 <폭포>라고 밝히기도 했다.

이 시는 김수영의 시 세계를 관통하는 주제인 '바로 보기'를 처음으로 드러내고 있다는 점에서 여러 연구자들이 중요한 작품으로 평가한다. 또한 모더니즘에 영향을 받았던 초기 김수영의 시 세계를 보여준다는 점에서도 주목받고 있다. 해석하기에 다소 어려운 난해시의 면모도 지니고 있다. 이해하기에 다소 어려워 보이지만 산문으로 풀어서 살피면 시인이 추구했던 바가 좀 더 명확하게 드러난다.

꽃이 열매의 상부에 피어날 때, 즉 아직 열매가 영글지 못했을 때, '나'는 발산하는 형상(이를테면 시 쓰기와 같은 것)을 구했으나, 그것은 아직 '작전' 같은 것이기에 제대로 이루어지지 못했다. 그래서 '줄넘기 작란' 수준에 불과한, '국수'를 '마카로니'라고 부르는 정도의 시도에 그치면서도 이를 그만두지 않는 것은 '반란성' 때문이다. 그렇지만 이는 흉내에 지나지 않는다. 김수영은 함께 문학 활동을 했던 박인환 시인을 두고 '포즈(흉내)'에만 머물고 말았다는 비판을 한 적이 있다. 김수영 시인은 이 흉내내기에서 머물 수 없다고, 더 나아가야 한다고 생각한다.

　바로 그 시도가 '바로 보기'를 하겠다는 선언이다. '바로 보기'에 성공할 수 있다면 '죽음'마저도 받아들일 수 있는 경지, 공자의 경지에 다다를 수 있다고 생각한다. 결국 <공자의 생활난>에서 '생활난'은 삶의 어려움이라기보다 삶의 본질을 제대로 꿰뚫지 못하는 어려움을 뜻한다. 다시 말해, '생활난'은 화자가 '바로 보기'를 선언하고 다시 태어나게 하는 계기인 것이다.

달나라의 장난

팽이가 돈다
어린아해이고 어른이고 살아가는 것이 신기로워
물끄러미 보고 있기를 좋아하는 나의 너무 큰 눈 앞에서
아해가 팽이를 돌린다
살림을 사는 아해들도 아름답듯이
노는 아해도 아름다워 보인다고 생각하면서
손님으로 온 나는 이 집 주인과의 이야기도 잊어버리고
또 한 번 팽이를 돌려주었으면 하고 원하는 것이다
도회 안에서 쫓겨 다니는 듯이 사는
나의 일이며
어느 소설보다도 신기로운 나의 생활이며
모두 다 내던지고
점잖이 앉은 나의 나이와 나이가 준 나의 무게를 생각하면서
정말 속임 없는 눈으로
지금 팽이가 도는 것을 본다
그러면 팽이가 까맣게 변하여 서서 있는 것이다
누구 집을 가보아도 나 사는 곳보다는 여유가 있고

바쁘지도 않으니
마치 별세계같이 보인다
팽이가 돈다
팽이가 돈다
팽이 밑바닥에 끈을 돌려 매이니 이상하고
손가락 사이에 끈을 한끝 잡고 방바닥에 내어던지니
소리 없이 회색빛으로 도는 것이
오래 보지 못한 달나라의 장난 같다
팽이가 돈다
팽이가 돌면서 나를 울린다
제트기 벽화 밑의 나보다 더 뚱뚱한 주인 앞에서
나는 결코 울어야 할 사람은 아니며
영원히 나 자신을 고쳐가야 할 운명과 사명에 놓여 있는 이 밤에
나는 한사코 방심조차 하여서는 아니 될 터인데
팽이는 나를 비웃는 듯이 돌고 있다
비행기 프로펠러보다는 팽이가 기억이 멀고
강한 것보다는 약한 것이 더 많은 나의 착한 마음이기에

팽이는 지금 수천 년 전의 성인과 같이
내 앞에서 돈다
생각하면 서러운 것인데
너도 나도 스스로 도는 힘을 위하여
공통된 그 무엇을 위하여 울어서는 아니 된다는 듯이
서서 돌고 있는 것인가
팽이가 돈다
팽이가 돈다

팽이가 돈다

'팽이가 돈다'는 화자의 눈 앞에 펼쳐진 상황이면서, 이 시의 의미 단락을 나누어주는 표지 역할을 한다. 이 시에서 '팽이가 돈다'는 말은 여섯 차례 반복되는데, 그 표현을 기준으로 시를 나누어 보면 크게 네 덩어리로 의미 단락을 나눌 수 있다.

1~19행: 팽이가 돈다 - 팽이가 별세계같이 보인다
20~25행: 팽이가 돈다 - 팽이가 달나라의 장난 같다
26~36행: 팽이가 돈다 - 수천 년 전 성인과 같이 돈다
37~42행: 팽이가 돈다 - <u>스스로 도는 힘</u>을 위하여 서서 돌고 있는 것인가

이처럼 의미 단락을 나누면 난해하게 보이던 시의 의미가 비교적 간명하게 드러난다. 별세계 같고, 달나라의 장난같이 보이던 팽이가 수천 년 전 성인의 가르침처럼, 화자에게 <u>스스로 도는 힘</u>을 가져야 한다는 것을 알리기 위해 <u>스스로</u> 돌고 있다는 것이다.

살아가는 것이 신기로워 　🔍

화자에게는 '살아가는 것'이 신기롭다. '신기로운 나의 생활'이란 무엇일까? 전쟁은 끝났지만 매일매일 목숨을 이어가기에 삶은 여전히 전쟁과 같다. 그렇게 힘겹게 살아가는 화자에게는 여느 사람들이 아무렇지 않은 듯 일상을 영위하는 것이 신기롭기만 하다. 화자에게 사는 것은 전쟁처럼 힘들기만 한데, 저 사람들은 어찌 저리 잘 살고 있을까. 화자는 그런 '신기로운 삶의 비밀'을 모두 내던지고 물끄러미 속임 없는 눈으로 팽이가 도는 것을 본다.

달나라의 장난 　🔍

화자는 돌고 있는 팽이가 어떻게 돌게 된 것인지를 설명하면서 그것이 이상하다고 한다. 줄을 잡아 감았다가 던지며 줄이 풀리는 힘에 의해 핑그르르 도는 팽이. 이건 그 당시 보기 힘들었던 줄팽이다. 그 팽이가 도는 것은 이전에 화자가 보아왔던 전통 팽이와는 전혀 다른 것이기에 마치 '달나라의 장난' 같다. '달나라'는 '별세계'에서 이어지는 상상이다. 화자가 경험해 보지 못한 여유로운 삶에서의 낯선 놀이, 그 앞에서 화자는 낯섦을 넘어서서 까마득한 거리에 소외감마저 느끼게 된다.

나를 울린다

팽이가 돌면서 '나'를 울린다. 왜 울리는 것일까? '제트기 벽화 밑의 뚱뚱한 주인'과 '나'의 대비를 이해해야 한다. '제트기 벽화'는 현대의 상징이다. 제트기의 압도적인 속도를 화자가 따라잡지 못하듯, '제트기 벽화 밑의 뚱뚱한 주인'은 '나'로서는 상상도 안 될 먼 달나라의 사람과 같다. '나'는 하루하루를 버티기 위해, 현대의 숨 가쁜 속도를 따라잡기 위해 방심조차 하면 안 된다고 다짐하며 살고 있는데, 그런 '나'를 팽이가 비웃듯 돌고 있는 모습을 보며 '나'는 서글퍼지는 것이다.

수천 년 전의 성인

팽이는 화자를 울리고, 화자를 비웃으며 화자에게 새로운 깨달음을 던져준다. '비행기 프로펠러'는 '제트기 벽화'에서 연상되어 나온 것이다. 제트기가 현대의 까마득한 속도를 의미한다면, 비행기 프로펠러는 그 앞 세대의 것이다. 마찬가지로 줄팽이가 현대의 낯선 문물이라면, 전통 팽이는 오래된 기억에 속하는 것이다. 그래서 '팽이가 기억이 멀다'는 표현이 나올 수 있었다. 화자는 낯선 팽이에서 오래된 팽이로, 먼 기억 속으로 의식을 옮긴 것이다. 또한 '강한 것보다는 약한 것이 더 많은 나의 착한 마음이기에' 오래된 기억 속에서 '착한 마음'을 강조한 성인을 떠올리게 된다. '팽이가 돌고 있는 사태'에서 오래된 기억 속의 성인으로 의식의 비약이 일어났다.

스스로 도는 힘 $\quad$ Q

모든 팽이는 제각각 저마다의 속력으로 회전하며, 다른 팽이와 부딪히면 둘 다 쓰러지고 만다. 홀로 자신만의 속력으로 도는 것, 그것이 팽이가 가진 숙명이고, 그것이 화자가 발견한 인간의 숙명이다. 홀로 돌아야 한다는 것, 공통된 것을 울어서는 안 된다는 것이 인간의 숙명이기에 '생각하면 서러운 것'이기도 하다.

이 시는^{。。。。。。。。}

이 시는 김수영이 생전에 펴낸 유일한 시집인 《달나라의 장난》의 표제작이다. 첫 시집의 표제작으로 이 작품을 삼았다는 것은 그만큼 시인이 이 작품에 대한 애착과 자부심이 컸다는 것을 뜻한다. 그렇지만 읽어내기에 만만치 않은 제법 난해한 작품으로 손꼽힌다. '달나라의 장난'이라는 아리송한 제목부터 독자를 당황하게 만든다. 하지만 '팽이가 돈다'는 말을 키워드 삼아 읽어보면 시의 의미를 파악하기가 그리 어렵지만은 않다.

이 시에 등장하는 팽이는 아마도 우리나라의 전통 팽이가 아니라 일본에서 들어온 줄팽이였을 것이다. 전통 팽이는 팽이채로 때려가며 돌리는데, 줄팽이는 줄에 감아 던지며 그 힘을 이용해 돌린다. 전통 팽이는 아이들이 흔하게 갖고 노는 놀잇감이었지만 줄팽이는 당시에 부잣집에서나 볼 수 있는 보기 드문 놀잇감이었다.

그러니 시인은 그 줄팽이가 신기했을 것이다. 낯선 문물에 대한 신기한 관심이 줄곧 시인의 눈을 팽이에 머물게 했을 것이고, 그것을 물끄러미 바라보다가 시인은 이 작품을 얻었다. 얼핏 사소해 보이는 전통 팽이와 줄팽이의 구분은 시인에게 팽이가 도는 게 왜 '달나라의 장난'처럼 낯설어 보이는가를 이해하는 관건이다. 요즘으로 치면 '베이블레이드', '스핀파이터'라는 이름을 달고 나온 화려한 팽이를 처음 본 어른들의 당혹감과 비슷했으리라.

또한 이 작품을 이해하기 위해서는 작품이 쓰인 시기를 떠올려보는 것도 필요하다. 이 작품의 탈고일은 1953년이다. 한국전쟁이 막 끝난 시점이다. 김수영의 시력(詩歷)을 살펴보면 1946년 시 창작을 시작한 이래 매년 꾸준히 작품을 내놓았지만, 1950~1953년에는 쓰인 작품이 없다. 한국전쟁으로 인한 혼란으로 시인 자신이 죽을 고비를 수차례 넘는 절박한 상황을 겪었기 때문이다.

전쟁이 터졌을 때 시인은 피란길에 오르지 않고 서울에 머물다가 강제로 의용군에 징발되어 북한군에 입대하게 된다. 거기서 탈주해서 서울로 돌아왔다가 경찰에게 구타를 당해 실신을 하기도 하는 험난한 고역을 겪는다. 이후 거제도 포로수용소에 수용되어 있다가, 1953년 7월 수용소에서 석방되기까지 3년간 한국전쟁을 온몸으로 처절하게 겪어냈다. 이 시는 그런 전쟁 체험을 딛고 쓴 첫 번째 작품인 것이다.

전쟁의 상흔이 채 가시기도 전에 누군가의 집을 방문했을 때, 거기서 발견한 외국의 장난감, 이국의 낯선 놀잇감 앞에서 시인은 무엇을 느꼈을까? 죽음을 오가는 처절한 밑바닥의 삶과 외국의 놀잇감을 사 올 수 있는 부유한 삶 사이의 아득한 거리였을 것이다. 그 거리는 지구와 달 사이의 거리처럼 까마득해서 시인이 '달나라의 장난'이라는 표현을 떠올리게 했을 것이다.

하루하루가 전쟁처럼 먹고 사는 데만 골몰해야 하는 고단한 생활에 놓인 시인이 보았을 팽이 놀이는 마치 시인이 닿지 못한 별세계와 같았을 것이다. 그 머나먼 유희의 세계에서 팽이가 돌면서 자신을 보고 있기에 '달나라의 장난'이라는 낯선 표현이 등장했다.

  시인은 그 낯선 놀잇감 앞에서 소외감을 느끼다가도 홀로 돌고 있는 팽이가 먼 옛날 '성인'과 같이 돌고 있다는 발견을 통해 새로운 깨달음을 이끌어낸다. 팽이는 돌아야 팽이다. 그런데 그 팽이는 홀로 돌아가야 한다는 것, 다른 팽이와 같이 돌 수는 없다는 것을 발견하면서 인간의 숙명을 깨달은 것이다. 다시 말해, 시인은 인간은 홀로서기를 해야만 살아갈 수 있다는 것, 인간이 살아간다는 것의 고독함을 깨닫고 있다. 달나라의 장난처럼, 별세계의 놀이처럼 거리가 아득하게 멀었던 팽이 놀이지만 거기서 화자는 삶의 숙명, 즉 홀로 돌아야 한다는 것을 발견해 내고 있다.

폭포

폭포는 곧은 절벽을 무서운 기색도 없이 떨어진다.

규정할 수 없는 물결이
무엇을 향하여 떨어진다는 의미도 없이
계절과 주야를 가리지 않고
고매한 정신처럼 쉴 사이 없이 떨어진다.

금잔화도 인가도 보이지 않는 밤이 되면
폭포는 곧은 소리를 내며 떨어진다.

곧은 소리는 곧은 소리이다.
곧은 소리는 곧은
소리를 부른다.

번개와 같이 떨어지는 물방울은
취할 순간조차 마음에 주지 않고
나타와 안정을 뒤집어 놓은 듯이

높이도 폭도 없이
떨어진다.

폭포 🔍

폭포는 쉬지 않고 떨어진다. 절벽에서 아래로 쏟아지는 폭포의 물줄기는 장관이다. 사람들은 폭포를 보며 탄성을 지르고 자연의 위대함을 떠올린다. 하지만 여기서 말하는 '폭포'는 단순한 자연의 한 풍경이 아니라, 화자가 떠올리고 있는 어떤 정신의 자세를 의미한다. 무서운 기색도 없이 떨어지는 저 폭포의 물줄기는 마치 고매한 정신처럼 떨어지는데, 폭포란 바로 그 '고매한 정신' 자체라고 해도 되겠다. 당시의 시대적 상황을 고려한다면, 사회의 정의를 위해 일체의 부정과 타협하지 않는 올곧은 정신, 자유를 향한 신념이라고 할 수 있다.

떨어진다 🔍

4연만 빼고 모든 연이 '떨어진다'로 끝맺음하고 있다. '떨어진다'는 말은 일반적으로 추락이나 타락 같은 부정적인 느낌을 주지만, 여기서는 그렇지 않다. 떨어진다는 말은 시 전체를 장악하면서 그 의미를 확장해 가고 있는데, 화자는 폭포의 물줄기에서 서슴없이 몸을 던지는 '투신(投身)'의 이미지를 읽어낸다. 다시 말해, 사회의 불의와 부정에 맞서는 투사가 제 한 몸을 아낌 없이 던지는 모습을 떠올린 것이다.

나타와 안정 🔍

취할 순간도 주지 않고, 나타와 안정을 뒤집어 놓은 듯이 떨어지는 물방울 은 치열한 삶의 모습을 암시한다. 선각자 혹은 먼저 나선 투사가 자신의 위 대함에 취하려 할 때, 폭포는 그런 시간을 허용하지 않는다. 우리가 일상의 안정과 여유로움에 머무르고자 할 때 폭포는 그것을 뒤집어 버린다. 늘 삶 의 치열한 투쟁 속에 있어야 함을 폭포는 '번개와 같이' 떨어지면서 우리에 게 깨우치고 있다. 떨어지는 물방울이 '높이도 폭'도 없다는 것은 1연에서 언급한 '규정할 수 없다'는 의미와 상통하면서 그 자체로 절대적인 것, 타협 하지 않는 절대적 정신을 뜻한다.

이 시는 속도감과 힘이 잘 드러난 작품이다. 김수영은 <난해의 장막>이라는 글에서 "진정한 시를 식별하는 가장 손쉬운 첩경이 이 힘의 소재를 밝혀내는 일"이라고 밝힌 바 있는데, 바로 이 시가 그런 '힘'이 잘 드러나는 작품이다. 그런 '힘'은 단순한 구조와 반복에서 온다.

이 시의 구조는 간단하다. '폭포가 어떠어떠하게 떨어진다'는 문장의 변주가 곧 시 자체다. 이 문장이 반복·확장되면서 작품 전체에 리듬감을 부여하고, 특히 '떨어진다'의 반복은 시에 속도감과 힘을 더한다. 시인은 '폭포가 떨어진다'는 것이 의미하는 바를 관념적으로 규정했고, 이를 표현한 것이 바로 <폭포>인 것이다. 폭포는 '규정할 수 없는 물결'이며 '고매한 정신'과도 같다. 그 폭포는 '곧은 소리'를 내는데, 이 곧은 소리는 다른 곧은 소리를 부른다. '번개와 같이 떨어지는 물방울', 곧 폭포는 '나타'와 '안정'을 뒤집어 놓으며 떨어진다.

간단해 보이는 작품이지만, 김수영의 초기 시 가운데 대표작이라 꼽을 만한 작품이다. 1958년 김수영은 '제1회 한국시인협회상'을 수상했는데, 이때 <폭포>를 비롯해 <병풍>, <눈> 등의 작품이 수상작으로 거론된다. <폭포>를 비롯해 김수영의 대표작으로 인정되는 작품들이다.

그중에서도 <폭포>에 대한 시인의 애정과 자부심은 기록할 만하다. 시인이 생전에 남긴 시작(詩作) 노트에는 <폭포> 전문과 <폭포>가 발표된 시모음집 《평화에의 증언》의 후기가 함께 기록되어 있다. 시작 노트의 첫 번째 자리에 놓여 있다는 것은 본인이 이 작품을 중시했다는 의미일 수 있다.

후기에서 시인은 "살아가기 어려운 세월"에 "피곤과 권태에 지쳐 술집"을 기웃거리며 살아왔고, "평화의 나팔 소리"를 기다리는 우리에게 "시는 얼마만 한 믿음과 힘"을 줄 것인지 묻고 있다. 이를 <폭포>에 대입해 보면, 시인은 <폭포>라는 시를 통해 피곤과 권태를 넘어설 믿음과 힘을 얻고자 한 것이며, 동시에 <폭포>가 우리에게 '평화의 나팔 소리' 바로 '곧은 소리'로 들리기를 희망한 것이라 할 수 있다.

구름의 파수병

만약에 나라는 사람을 유심히 들여다본다고 하자
그러면 나는 내가 시와는 반역된 생활을 하고 있다는 것을 알
것이다

먼 산정에 서 있는 마음으로
나의 자식과 나의 아내와
그 주위에 놓인 잡스러운 물건들을 본다

그리고
나는 이미 정하여진 물체만을 보기로 결심하고 있는데
만약에 또 어느 나의 친구가 와서 나의 꿈을 깨워주고
나의 그릇됨을 꾸짖어주어도 좋다

함부로 흘리는 피가 싫어서
이다지 낡아빠진 생활을 하는 것은 아니리라
먼지 낀 잡초 위에
잠자는 구름이여

고생도 마음대로 할 수 없는 세상에서는
철 늦은 거미같이 존재 없이 살기도 어려운 일

방 두 칸과 마루 한 칸과 말쑥한 부엌과 애처로운 처를 거느리고
　외양만이라도 남과 같이 살아간다는 것이 이다지도 쑥스러울
수가 있을까

시를 배반하고 사는 마음이여
　자기의 나체를 더듬어보고 살펴볼 수 없는 시인처럼 비참한 사
람이 또 어디 있을까
　거리에 나와서 집을 보고
　집에 앉아서 거리를 그리던 어리석음도 이제는 모두 사라졌나
보다
　날아간 제비와 같이

날아간 제비와 같이 자죽도 꿈도 없이
　어디로인지 알 수 없으나

어디로이든 가야 할 반역의 정신

나는 지금 산정에 있다―
시를 반역한 죄로
이 메마른 산정에서 오랫동안
꿈도 없이 바라보아야 할 구름
그리고 그 구름의 파수병인 나.

자죽 자국.

시와는 반역된 생활   🔍

화자는 자기 자신을 들여다본다고 하지 않고, '나라는 사람을 유심히 들여
다본다고 하자'라고 말을 꺼낸다. 자신을 얼마큼의 거리를 두고 바라보겠다
는 말이다. 그리고 그렇게 거리를 두고 바라본 '나'는 '시와 반역된 생활', 즉
시를 지향하지 않고 일상을 살아가고 있다. '먼 산정에 서 있'어서 어느 정
도 객관적 거리를 확보한 '나'의 눈에 보이는 자신의 모습은 '자식'과 '아내'
와 '잡스러운 물건들'에 둘러싸여 있다.

정하여진 물체   🔍

'정하여진 물체만을' 본다는 것은 화자가 지향하는 '시를 향하는 것'이 아니
라 일상의 삶을 살아가기 위한 대상만을 바라보겠다는 것이다. 다시 말해,
일상에 매몰되는 것을 뜻한다. 그런 '나'를 어느 누군가가 (아마도 시인으로서
의 삶을 살아가는 친구일 것이다.) 꾸짖어주기를 바라고 있다.

낡아빠진 생활 🔍

화자가 '낡아빠진 생활'을 하고 있는 이유는 '시를 찾기 위해' 피를 흘리는 것이 싫어서는 아니다. 현실은 입에 풀칠을 해야만 살아갈 수 있는 곳이기 때문이다. '먼지 낀 잡초 위의 잠자는 구름'으로 떠돌 수 없는 곳, '고생도 마음대로 할 수 없는 곳'이 바로 일상의 세계이기 때문이다. 시인이더라도 입고 먹고 자는 존재이며, 그것을 해결하지 않고는 살 수 없기 때문이다.

시를 배반하고 사는 마음 🔍

시인은 일상을 살아가기 위해 시를 배반했기에 비참한 사람이다. 자기의 나체를 볼 수 없는, 자신의 솔직한 모습을 볼 수 없는 사람이 되었기 때문이다. 현실에 살면서 시(이상)를 꿈꾸고, 시(이상)에 살면서 현실을 걱정하던 갈등마저도 이젠 다 사라지고 없다.

  그렇지만 '나'는 어디로든 가야 한다고 생각한다. '반역의 정신'은 '시에서 반역'한 것이 아니다. 오히려 일상에서 벗어나고자 하는 화자의 정신, 시(이상)를 향해 어디로든 떠나고자 하는 정신을 의미한다.

구름의 파수병

반역의 정신을 가지고 어디로든 떠난 화자는 어디에 도착했을까? '나'는 지금 산정(山頂)에 있다. 그 자리는 일상에서의 '나'를 객관적으로 바라보는 자리다. 그 자리에서 서서 화자는 '구름의 파수병'이 되기를 다짐한다. 하지만 화자는 추구해야 할 시와 영위해야 할 삶 사이에서 갈등하던 죄로 오랫동안 꿈도 없이 살아가야 한다. 자신이 바라보려 했던 구름, 그 구름의 파수병이 되어 살겠다는 것은 결국 시인으로서의 삶, 시를 향한 삶을 지키고자 노력하며 살기로 선언한 것이다.

이 시는°°°°°°

김수영은 평생 자신의 일상적인 삶과 시 쓰기 사이의 갈등을 껴안고 살았다. 이 시는 1956년에 쓰였는데, 이 시기는 시인이 마포구 구수동에 거처를 정하고 생계를 유지하기 위해 닭을 키우며 살던 때다. 시 쓰는 것만으로는 감당하기 어려운 생활을 위해 양계업까지 하게 된 것이다.

1964년에 쓴 <양계 변명>이란 산문을 보면 "나날이 늘어나는 사료를 공급하는 일이 병보다도 더 무섭다"면서, "사료가 끊어졌다, 돈이 없다, 원고료는 며칠 더 기다리란다, 닭은 꾹꾹거리"는 일이 "난리이지요. 우리네 사는 게 다 난리인 것처럼 난리이지요."라고 말하고 있다.

또한 김수영은 시가 아닌 산문을 쓰면서도 이것이 매문(賣文)이라는 것, 글을 팔아먹고 산다는 것의 비참함을 끊임없이 의식했다는 것을 그의 글 곳곳에서 확인할 수 있다. 원고 청탁을 받고 글을 쓰고 있는 자기 자신을 "나는 지금 매문을 하고 있다. 매문은 속물이 하는 짓이다. 속물 중에도 고급 속물이 하는 짓이다."(<이 거룩한 속물들>)이라고 한다거나, 그렇게 써낸 글의 원고료를 받는 일이 "그냥 구걸을 하러 갔다 해도 이렇게 실랑이를 받지 않을 것"이라며 "일해다 준 돈 받기가 하늘의 별 따기보다 어렵다."(<일기초 1>, 12월 30일 일기 중에서)라고 자조적으로 말한 일들이 그러한 삶의 비참함을 증언해 준다.

이 시는 그런 시인의 갈등을 드러내는 작품으로, 일상생활과 시 쓰기 사이의 아슬아슬한 줄타기를 보여준다. 시인은 이 작품에서 꿈을 접고 일상에 매몰되어 살아가는 삶이 얼마나 부끄러운지 이야기하며, 자신은 시와 이상을 포기할 수 없고 그것을 지키기 위한 삶을 살겠다고 다짐하고 있다.

　과연 그러한 다짐은 결실을 맺어, 이 시가 발표된 다음 해인 1957년 12월에 '제1회 한국시인협회상'을 수상하게 된다. 그리고 1959년에는 시집《달나라의 장난》을 펴낸다. 결국 이 시는 시인으로서의 삶을 포기하지 않겠다는 다짐이자 각오를 드러낸 작품이다.

눈

눈은 살아 있다
떨어진 눈은 살아 있다
마당 위에 떨어진 눈은 살아 있다

기침을 하자
젊은 시인이여 기침을 하자
눈 위에 대고 기침을 하자
눈더러 보라고 마음 놓고 마음 놓고
기침을 하자

눈은 살아 있다
죽음을 잊어버린 영혼과 육체를 위하여
눈은 새벽이 지나도록 살아 있다

기침을 하자
젊은 시인이여 기침을 하자
눈을 바라보며

밤새도록 고인 가슴의 가래라도
마음껏 뱉자

눈은 살아 있다 🔍

시적 상황이 단도직입적으로 제시된다. 문제는 눈이 '살아 있다'는 것이 어떤 의미냐 하는 점이다. 이 '눈'을 '눈[雪]'이 아닌 '눈[眼]'으로 해석하는 경우도 있으나, 일반적으로는 '하늘에서 내린 눈'으로 풀이한다. 눈이 녹아 사라지면 눈이 없어진다는 단순한 사실에서 출발하면, '눈은 살아 있다'는 말은 눈이 하늘에서 내려 녹아 없어지거나 단단하게 굳기 전의 상태, 순백색 결정을 유지하고 있는 상태라고 할 수 있다.

젊은 시인 🔍

'젊은 시인'은 어떤 사람일까? 여기서 '젊은 시인'은 뒤이어 나오는 '밤잠을 잊은 채 깨어 있는 존재'라고 할 수 있다. '젊음'은 순수와 정열을 지녔다는 말이다. 밤잠을 잊은 채 깨어 있는 이유는 무엇일까? 그것은 눈처럼 살아 있기 위한 것이 아닐까? 그런 시인에게 '기침을 하자'는 권유를 한다는 것은, 화자가 젊은 시인과 함께 깨어 있기를 바라기 때문이다.

기침을 하자 🔍

화자는 젊은 시인에게 '기침을 하자'고 한다. 기침은 목에 무엇인가가 걸리거나 호흡이 원활하지 않아 터져 나오는 것이다. 그러니 눈 위에 대고, 눈더러 보라고 기침을 하라는 말은 기침이 눈의 순결함과 대비되는 것임을 짐작하게 한다. '기침을 하자'는 말은 시인이 깨어 있기 위한 노력이라고 할 수 있다.

'기침을 하자'라는 표현은 4연의 '가슴의 가래라도 마음껏 뱉자'는 말로 연결된다. 가래를 뱉는다는 건 일반적으로 모욕의 의미로 해석한다. 그렇지만 이 시에서는 모욕의 의미로 해석하기 어렵다. 그렇다면 침을 뱉는다는 건 어떤 의미로 해석해야 할까? 그것은 몸의 더러움을 뽑아내는 일, 즉 자신의 더러움을 조금이라도 덜어내려는 행위로 해석할 수 있다.

결국 '기침을 하자'와 '가래라도 마음껏 뱉자'라는 표현은 모두 눈처럼 깨어 있는 존재, 순결한 존재가 되기 위해 자신의 더러움을 덜어내거나 뽑아내어 깨끗한 존재가 되려는 노력을 의미한다고 볼 수 있다.

이 시는°°°°°°

김수영은 '눈'이라는 제목의 시를 세 편 발표했다. 그중 이 시는 가장 먼저 발표된 작품으로, 문예지《문학예술》1957년 4월호에 실렸다.

이 시는 '눈은 살아 있다'와 '기침을 하자'라는 두 문장의 반복과 변형으로 짜인 비교적 단순한 구조의 작품이다. 그렇지만 단순함 속에서도 문장의 의미를 확장해 가고 있기 때문에 담고 있는 의미는 단순하지 않다. '살아 있는 눈'과 '기침을 하는 젊은 시인' 사이의 관계를 어떻게 이해할 것인가 하는 점이 이 시를 이해하는 핵심이다.

'살아 있는 눈'을 하늘에서 떨어진 그 상태, 순백색의 상태를 유지하는 것이라고 본다면, 이는 곧 순수하고 순결한 것을 의미한다고 해석할 수 있다. 그런데 눈은 '죽음을 잊은 영혼과 육체를 위해' 살아 있다고 한다. 즉 눈이 살아 있는 이유는 '죽음을 잊은 어떤 존재'를 위한 것이다. '죽음을 잊었다'는 말은 '항상 깨어 있다'는 말로 바꿀 수 있다. 다시 말해, '살아 있는 눈'은 '항상 깨어 있는 영혼과 육체'를 위해 존재하는 것이다.

이렇게 볼 때 화자가 '젊은 시인'에게 기침을 하라고 권유하는 이유를 알게 된다. 눈 위에 대고, 눈더러 보라고 기침을 하라는 것은, 기침을 하는 젊은 시인이 가슴의 혼탁한 것을 뱉어내어 눈처럼 깨끗한 존재가 되기 위해 노력하라는 것이다. 이렇듯 가슴속에 고인 더러운 것들, 밤새도록 고인 가

슴의 가래를 뱉어낼 때 젊은 시인은 비로소 '죽음을 잊어버린 영혼과 육체'
를 가진 존재일 수 있다.

봄밤

애타도록 마음에 서둘지 말라
강물 위에 떨어진 불빛처럼
혁혁한 업적을 바라지 말라
개가 울고 종이 들리고 달이 떠도
너는 조금도 당황하지 말라
술에서 깨어난 무거운 몸이여
오오 봄이여

한없이 풀어지는 피곤한 마음에도
너는 결코 서둘지 말라
너의 꿈이 달의 행로와 비슷한 회전을 하더라도
개가 울고 종이 들리고
기적 소리가 과연 슬프다 하더라도
너는 결코 서둘지 말라
서둘지 말라 나의 빛이여
오오 인생이여

재앙과 불행과 격투와 청춘과 천만인의 생활과
그러한 모든 것이 보이는 밤
눈을 뜨지 않은 땅속의 벌레같이
아둔하고 가난한 마음은 서둘지 말라
애타도록 마음에 서둘지 말라
절제여
나의 귀여운 아들이여
오오 나의 영감이여

서둘지 말라   🔍

김수영은 부정과 반복 표현을 즐겨 사용한 시인이다. 이 시에서 '서둘지 말라'는 표현은 다섯 차례 나온다. 서둘지 말라는 요청이 그만큼 절박하다. 이 요청은 세상 사람들에게 건네는 경계의 요청이자, 자기 자신에게 하는 다짐이기도 하다. 서두르면 시야가 좁아진다. 볼 수 있는 것도 볼 수 없게 된다. '나'는 혁혁한 업적을 바라고 서두르는 모든 '업적주의자'들에게 '서둘지 말라'는 요청을 한다.

달의 행로   🔍

달의 행로는 정해져 있다. 지구 주위를 돈다. 지구를 돌며 차고 이지러지는 것이 달의 행로이다. 달은 그 정해진 행로를 벗어나지도 못한다. 그 달처럼 '너'의 인생과 '너'의 꿈이 정해진 길만 맴돌고 부풀어 올랐다가 가라앉기를 반복하더라도 결코 서두르지 말라고 한다. 이것이 화자가 '너'에게 건네는 말이다.

절제, 영감 🔍

깊은 밤이 되어야 재앙과 불행과 격투와 청춘과 천만인의 생활이 보인다. 혁혁한 업적을 좇아 서두르던 낮에는 보이지 않던 것들이다. 비록 지금 자신은 '눈을 뜨지 못한 땅속의 벌레'같이 느껴지더라도, '아둔하고 가난한 마음'뿐이어도 당황하거나 애태울 필요는 없다. 지금 필요한 것은 서두르는 대신 기다리고 멈추어 서서 '절제'의 시간을 갖는 것이다. 절제만이 새로운 영감을 불러낸다. 영감은 시인의 머릿속에 새로운 감각과 생각을 잉태한다. 그러니 새로운 감각과 생각들이 곧 시인의 아들이다. 결국 봄밤은 시의 영감을 기다리며, 새로운 감각과 생각을 기다리며 서두르지 말고 지긋이 보내고 있어야 하는 것이다.

봄밤의 정서는 어떤 것일까? 이 시는 우리가 알고 있는 김수영의 다른 시와 사뭇 다르다. 매번 진지하고 치열하게 자기와의 대결을 벌이던 모습이 아니다. 이 시는 봄밤 특유의 나른함을 담고 있다.

이 시는 1957년에 쓰였다. 전쟁으로 흩어졌던 가족들이 다시 모여 삶을 꾸려가면서 다소간의 안정을 찾은 시기라고 할 수 있다. 그런 안정감이 반영되었기에 <봄밤>은 김수영의 다른 시에 비해 차분한 어조와 서정이 담겨 있다.

'봄'은 만물이 생생하게 자라나는 시기지만, '밤'은 모든 것이 어둠에 잠겨 머물러 있는 시간이다. '봄밤'은 생생함이 피어나는 것과 사물이 어둠에 잠기는 것 사이의 교차가 일어나는 시간이다. 이 시간에 화자는 긴 잠을 깨고 일어나고 있다. 낮을 다 보내고 밤이 되어서야 비로소 술에서 깨어 무거운 몸을 일으킨다. 하루를 숙취에 빠져 보내고 맞이하는 저녁이란 참으로 허망하다.

화자는 그런 자기 자신에게 서두르지 말라는 말을 건넨다. '강물에 떨어진 불꽃'처럼, '혁혁한 업적을 바라지 말라'고 한다. 낮에 깨어 있는 사람들이란 혁혁한 업적을 바라며 무엇엔가 몰두하는 사람들이었을 것이고, 화자 역시 그런 사람들 중 하나였을 것이다. 혁혁함을 이루지 못한 마음을 달래려 술을 마시던 화자는 밤이 되어서야 일어나 자신을 돌아보고 있다.

화자는 스스로에게 '서두르지 말라, 당황하지 말라'고 한다. 하루를 허망히 놓쳤다고, 개가 울고 종이 들리고 달이 떴다고 당황하지 말라고 한다. 놓쳐버린 봄날이지만 그렇게 하루를 공치고 나서야 화자는 무엇인가를 보고 있기 때문이다. 봄밤에서야 비로소 보이는 것들이란 무엇일까?

그것은 기차가 떠난 다음에야 비로소 보이는 것들이다. 기차가 떠나가고 남은 자리에는 재앙과 불행과 격투해야만 하는 청춘, 천만인들의 생활이 놓여 있다. 낮의 속도에서 뒤쳐져 홀로 남은 밤이 되어서야 모습을 드러내는 것. 그것은 바로 자신의 삶이자 인생이다. 그렇게 드러낸 자신의 삶은 눈여겨 살필 필요가 있다. 그러니 서둘지 말라고 당부하는 것이다. 무겁고 피곤한 자신이 '눈을 뜨지 않은 땅속의 벌레같이' 느껴지더라도 결코 서두르지 말아야 한다. 무엇을 바라지도 당황하지도 말아야 한다. 모든 것이 잘 보이는 밤, 내게 필요한 것은 서두름이 아니라 절제이다. 기다리기, 멈추어 서기. 그럴 때 비로소 '영감(靈感)'이 화자를 찾는다.

이 시는 그간 연구자들에게 그다지 비중 있게 다루어지지 않았다. 시가 담고 있는 사연과 시의 구조와 표현이 유별나다 할 것이 없기 때문이다. 그렇지만 김수영의 작품 중에서 마음의 위안을 얻을 수 있는 몇 안 되는 작품

중 하나이다. SNS에서 이 시가 자주 언급되는 이유는 요즘 독자들과 정서적 맞닿음이 있기 때문일 것이다.

김수영은 자기만의 속도에 민감한 시인이었다. 일찍이 <달나라의 장난>에서 제각기 도는 힘을 갖고 돌아가는 팽이를 들여다보았듯이, 그는 현대화의 속도에서 벗어나 자기만의 속도로 가려 했다. 슬로 라이프 같은 말은 들리지도 않고, 온 국민이 전속력으로 전진만을 외치고 혁혁한 업적을 꿈꾸던 시절인데, 시인은 오히려 서둘지 말라고 한다.

'서둘지 말라'는 반복은 집요하게 다섯 차례나 반복된다. 무엇이 시인으로 하여금 이토록 서둘지 말라는 절박한 다짐을 하게 만들었을까? 시인이 평생 맞서 탐구한 것이 '현대'라고 할 때, 바로 그 속도에 휩쓸리는 자기 자신에 대한 경계가 아니었을까? 이 지점에서 이 작품은 요즘 독자들과 만난다. 사회의 숨 가쁜 변화 속에서 좌절과 실패를 겪었을 누군가는 이 작품에서 적잖은 위로와 안식을 얻을 것이다.

우리는 자주 조급해진다. 무엇인가를 해야 한다는 조급증이 사회를 가득 채우고 있다. 더 많은 업적과 더 많은 성취를 꿈꿀 때, 자신의 삶이 정해진 경로를 쳇바퀴 돌고 있다고 느낄 때 우리는 조급증에 사로잡힌다. 이 시는 그런 우리에게 '서둘지 말라'는 말을 건넨다. 무엇을 바라지도 말고, 당황하지도 말고, 그저 삶의 속도를 절제하며 영감이 자기 자신을 찾을 때까지 멈추어 서라 한다. 그래야만 자신의 속도로 자신의 인생을 빛낼 수 있기 때문일 것이다.

사령

…… 활자는 반짝거리면서 하늘 아래에서
간간이
자유를 말하는데
나의 영은 죽어 있는 것이 아니냐.

벗이여
그대의 말을 고개 숙이고 듣는 것이
그대는 마음에 들지 않겠지
마음에 들지 않어라.

모두 다 마음에 들지 않어라.
이 황혼도 저 돌벽 아래 잡초도
담장의 푸른 페인트 빛도
저 고요함도 이 고요함도.

그대의 정의도 우리들의 섬세도
행동이 죽음에서 나오는

이 욕된 교외에서는
어제도 오늘도 내일도 마음에 들지 않어라.

그대는 반짝거리면서 하늘 아래에서
간간이
자유를 말하는데
우스워라 나의 영은 죽어 있는 것이 아니냐.

활자, 나의 영

'활자'와 '나의 영(靈)'은 서로 대비된다. 말줄임표로 시작하는 '활자'란 아마도 책에 쓰인 글을 의미할 것이다. 화자가 읽고 있는 책에서는 '반짝거리며', '자유를 말한다'. 그런데 화자의 영혼은 죽어 있다고 한다. 이것은 책에 쓰인 자유, 온전한 삶의 자유를 누리지 못하고 있는 화자의 상태를 암시한다.

벗이여

'벗'이란 앞서 언급된 '활자'와 그 활자가 담긴 책을 뜻한다. 더 나아가 그 책이 이야기하는 자유나 진리가 될 것이다. 이들을 의인화하여 벗으로 표현한 것이다. 책에서 활자로 쓰여 있는 자유를 지키지 못하고 따르지 못하는 화자의 모습에 대한 자책이라 할 수도 있다.

이어서 마음에 들지 않는 것들이 나열된다. 황혼, 잡초, 푸른 페인트 빛. 이들은 '고요함'이라는 범주에 모두 포함된다. 그것들은 무기력한 것이고 고개를 숙이고 듣는 것이다. 즉 죽어 있는 것들이다.

욕된 교외

'욕된 교외(郊外)'는 '행동이 죽음에서 나오는' 곳이다. 죽음을 각오한 행동만이 가능한 곳이라는 말이다. 그런데 그런 죽음을 각오한 존재가 없기 때문에 이곳은 '욕된' 곳이다. 그대의 정의는 실천할 사람이 없고, 우리는 섬세하기 때문에 정의를 실천할 각오가 없다. 그러니 어제도 오늘도 내일도 마음에 들지 않는다.

우스워라

하늘의 별은 반짝이며 가야 할 길을 알려준다. 책의 활자 역시 반짝이며 삶의 진리와 자유의 길을 '나'에게 알려준다. 그런데 '나'는 이미 죽은 영(靈)이 되어 그 길을 갈 수가 없다. 그러니 자조의 웃음만 흘릴 뿐이다. 책에서 배운 바를 실천하지 못하고, 진리와 자유를 지킬 행동을 하지 못하고 있는 '나'는 이미 죽은 존재와 다름없다는 자기반성과 탄식의 헛웃음 외에 다른 길을 알지 못하는 것이다.

이 시가 발표된 1959년은 다음 해 3월에 열릴 정부통령 선거를 앞두고 정치적 혼란이 극심하던 시기였다. 1959년 2월 27일 진보당 당수 조봉암이 국가보안법 위반과 간첩 혐의로 사형 확정판결을 받았으며, 같은 해 7월 31일 결국 사형이 집행되었다. 조봉암은 1956년 선거에서 유효표의 30%가 넘는 표를 얻어 이승만의 정적으로 떠올랐다. 이에 이승만 정권은 정적을 제거하기 위해 이런 무리수를 둔 것이다.

그 외에도 당시 발행 부수 2위의 유력 언론지였던 경향신문을 '여적 필화 사건'을 빌미 삼아 '국가의 안전과 언론계 발전'을 위한다는 명분 아래 강제 폐간한다. 다음 해 3월 15일 부정선거로 제1공화국이 몰락하기까지 그야말로 파국을 향해 질주를 하던 시기였다.

이 시는 이러한 시대적 배경을 염두에 두고 읽을 때 좀 더 그 의미가 명확하게 다가온다. 정치적 자유와 언론의 자유, 심지어 집회의 자유까지 억압당하던 당시, 책 속에 담긴 자유의 형식과 내용은 이상적이고 관념적인 먼 이야기였을 것이다. 시인은 작품에서 '사령(死靈)'이라는 표현을 통해 이러한 시대적 상황에서도 행동하지 못하고 저항하지 못하는 무기력한 자기 자신을 죽은 영혼에 비유한 것이다. 해야 할 바를 알고 있지만 죽음을 무릅쓸 용기가 없어서 아무런 행동도 하지 못하는 자신을 되돌아보며, 이렇게 사는 것은 죽은 것과 다름없다는 자조적이고 자기 비하적인 인식이 '우스워라'라는 한마디에 담겨 있다.

그러나 김수영의 이러한 자기 비하와 자조적인 태도는 1960년 4·19혁명을 통해 새로운 모습으로 거듭난다. 혁명을 위해 흘린 시민들의 피를 보며 그는 수동적이고 관념적인 태도에서 벗어나 사회의 변혁과 정의, 자유의 실현을 위해 적극적으로 목소리를 높이게 되는 것이다. 그러니 이 시는 4·19혁명 직전, 가장 어두운 때에 나아갈 바를 찾지 못하던 시인 자신에 대한 자조와 탄식을 그려낸 작품이라 하겠다.

사랑

어둠 속에서도 불빛 속에서도 변치 않는
사랑을 배웠다 너로 해서

그러나 너의 얼굴은
어둠 속에서 불빛으로 넘어가는
그 찰나에 꺼졌다 살아났다
너의 얼굴은 그만큼 불안하다

번개처럼
번개처럼
금이 간 너의 얼굴은

변치 않는 사랑 🔍

'너'라는 존재가 화자에게 사랑을 알려주었다. 그 존재는 사랑이 '어둠 속에서도' 그리고 '불빛 속에서도' 변치 않는 것임을 깨우쳐 주었다. 화자는 '너' 덕분에 사랑이 불변하는 것, 영원한 것임을 알게 된다. 그렇다면 화자에게 사랑을 일깨워 준 '너'는 누구일까? 순전히 어떤 인물을 지칭하는 것일까? 시가 쓰인 시대적 상황을 고려하면 '너'는 '민주화에 대한 갈망'이나 '자유'의 다른 이름일 수도 있다.

그만큼 불안하다 🔍

1연에서의 '너'는 2연에서 '너의 얼굴'로 구체화된다. 중요한 것은 앞에서 항상 그대로일 듯하다고 생각했던 '너'와 '너의 얼굴'이 찰나에 꺼졌다 살아나는 불안한 존재라는 것을 알았다는 것이다. 영원할 줄 알았던 사랑도 언젠가는 끝을 맞이하고, 내내 뜨겁기만 했던 사랑도 언젠가는 식기 마련이니, 완전하고 항상 그대로인 사랑은 존재하기 어렵고 그렇기에 불안하기만 하다.

그렇지만 이 불안함은 사랑의 영원성과 불변성을 부정하는 것은 아니다. 사랑은 어떤 특정한 감정의 지속 상태, 영원불변의 상태가 아니다. 오히려 사랑은 기쁨과 슬픔과 열망과 증오와 분노와 즐거움 같은 온갖 감정이 끊임없이 요동치는 감정의 변화 과정에 가깝다. 그런 의미에서 보면, 사랑은 영원하지만 순간순간 모습을 바꾸고, 찰나에 꺼졌다가도 다시 살아나는 불길과 비슷하다.

금이 간 너의 얼굴 🔍

금이 간 물건은 못 쓰게 된 물건이다. '너'의 얼굴에 금이 갔다는 말은 무슨 뜻일까? 사랑을 알게 해준 '너'와의 사랑이 끝났다는 것일까? 그렇지 않다. '번개처럼' 찰나의 번쩍임을 경험하고 나서야 화자는 사랑의 속성이 영원과 순간을 오가는 것임을 깨닫게 된 것이다. 화자는 완전함과 불완전함, 변치 않는 것과 꺼졌다 살아나는 변화 속에 놓인 것이 바로 사랑이라는 것을 깨닫고 있다. '금이 간 너의 얼굴'은 이런 사랑의 양면성을 담고 있는 말이다.

이 시는°°°°°°°

<봄날은 간다>라는 유명한 영화의 대사 중에 이런 말이 있다. "사랑이 어떻게 변하니?" 영원하고 변치 않을 줄만 알았던 사랑이 변하여 자신을 내치게 되자 한때의 연인이었던 사람에게 비난하듯 던지는 말이다.

그런데 사랑의 진정한 속성은 그 '변화'에 있는 것 같다. '사랑'이란 완성된 어떤 결정체가 아니라 늘 변화하는 관계 속에서 사랑하는 두 당사자가 만들어가는 역동체이기 때문이다. 상대가 변하는데 내가 변하지 않거나, 내가 변하고 있는데 상대가 변하지 않는다면 그 관계는 언젠가 틀어지고 말 것이다. 그런 의미에서 사랑이란 불안한 것, 늘 변화하는 것이라 말할 수 있다.

김수영은 사랑의 그런 유동성을 잘 짚어냈다. 이 시에서 사랑은 영원불변하는 것이었다가, 꺼졌다 살아나는 불안한 것이었다가, 번개처럼 금이 가는 것이기도 하다. 불변하는 것과 변하는 것, 그 모두가 실은 사랑의 다른 모습이라는 것을 예리하게 짚어냈다. 그리고 그 깨달음은 '번개처럼 금이 간 너의 얼굴'이라는 표현에 담겨 있다.

김수영의 시에서 '사랑'은 '자유'만큼이나 중요한 주제 중 하나이다. 김수영이 '사랑'이란 주제로 자신의 시 세계를 어떻게 확장해 나갔는가를 살피는 것은 김수영 후기 시의 면모를 제대로 파악하는 지름길이기도 하다.

파밭 가에서

삶은 계란의 껍질이
벗겨지듯
묵은 사랑이
벗겨질 때
붉은 파밭의 푸른 새싹을 보아라
얻는다는 것은 곧 잃는 것이다

먼지 앉은 석경 너머로
너의 그림자가
움직이듯
묵은 사랑이
움직일 때
붉은 파밭의 푸른 새싹을 보아라
얻는다는 것은 곧 잃는 것이다

새벽에 준 조로의 물이
대낮이 지나도록 마르지 않고

젖어 있듯이
묵은 사랑이
뉘우치는 마음의 한복판에
젖어 있을 때
붉은 파밭의 푸른 새싹을 보아라
얻는다는 것은 곧 잃는 것이다

조로 포르투갈어인 'jorro'에서 유래한 말로, '물뿌리개'를 뜻한다.

삶은 계란의 껍질

계란의 딱딱한 껍질을 깨뜨리면 그 안에서 보드라운 계란의 흰자가 모습을 드러낸다. 딱딱하게 자신을 가두고 있던 묵은 사랑도 그렇듯 벗겨질 때 새로운 사랑이 모습을 드러낼 수 있다. '삶은 계란의 껍질'은 2연에서는 '먼지 앉은 석경'으로, 3연에서는 '새벽에 준 조로의 물'로 변주되며 나타난다. 이모두는 딱딱하게 굳어 있던 것, 움직이지 않던 것, 메마르던 것들과 관련된다. 그것들이 벗겨질 때, 움직일 때, 젖어 있을 때 비로소 새로운 것을 얻을 수 있다. 새로움이란 과거의 것들과 결별할 때 생겨나는 것이기 때문이다.

붉은 파밭의 푸른 새싹

우리가 먹는 대파는 생명력이 강인해서 한겨울 추위를 견디고 봄이 되면 새로 싹을 낸다. 화자는 겨울을 견디고 새봄을 맞이하는 파밭의 파들이 푸른 새싹을 밀어 올리는 것을 보며 이전의 묵은 것들이 새싹으로 바뀌는 신비한 광경을 목격하고 있다. 화자는 그 광경을 보면서 묵은 사랑을 버리는 것이 새로운 사랑을 얻는 것임을 깨닫게 된다.

얻는다는 것은 곧 잃는 것 🔍

그릇에 무엇을 담기 위해서는 먼저 그릇이 비어 있어야 한다. 비워야만 채울 수 있는 법이다. 새로움을 얻기 위한 방법도 마찬가지다. 먼저 묵은 것을 버려야 한다. 잃어야만 얻을 수 있다. 묵은 사랑을 보내고 잃어야만 새로운 사랑을 맞이하고 얻을 수 있는 것이다. '잃는다는 것은 얻는다는 것이다.'라고 말하지 않고, 그것을 뒤집어 말했기에 색다른 긴장감이 생긴다. 새로운 사랑을 얻기 위해서는 묵은 것에 대한 집착과 미련에서 벗어나라고 화자는 우리에게 말을 건네고 있다.

이 시는°°°°°°

김수영은 1955년에 마포구 구수동으로 이사하여, 불의의 교통사고로 숨을 거두기 전까지 여기서 생활을 한다. 이 시절의 구수동은 아직 서울 도심지로 편입되기 이전이어서 전원 풍경을 그대로 간직하고 있었다. 김수영은 이곳에서 양계를 하며 텃밭도 조금씩 가꾸면서 시를 썼다. 그래서 이 시기의 시 중에는 한강변과 농촌의 풍경을 담고 있는 작품이 여럿 있다.

이 시도 그 가운데 하나이다. 차분하고 담담한 어조로 읊조리듯 이야기하는 작품으로, 사랑에 대한 시인의 생각이 '얻는다는 것은 곧 잃는 것이다.'라는 아포리즘(aphorism, 깊은 진리를 간결하게 표현한 말이나 글)으로 간결하게 제시되어 있다.

아마도 시인은 한겨울을 노지에서 나는 대파의 줄기를 물끄러미 바라보았던 모양이다. 그리고 한겨울을 꿋꿋하게 이겨내며 새싹을 밀어 올리는 대파의 모습에서 시상을 떠올렸을 법하다. 대파의 꽃봉오리가 계란의 모양과 비슷하기도 하다. 꽃봉오리를 덮어쓴 얇은 막이 벗겨지며 대파의 꽃이 피어나는 모습에서 삶은 계란의 껍질을 벗겨내는 것을 상상하지 않았을까?

시인은 왜 묵은 사랑을 '삶은 계란의 껍질'이나 '먼지 앉은 석경'으로 비유했을까? 계란의 껍질은 딱딱하게 굳어 있는 것이고, 석경은 움직이지 않았기에 먼지가 쌓인 것이다. 묵은 사랑은 그와 같이 감정의 상태가 딱딱하게 굳어 움직이지 않게 된 것이기에 그런 비유를 사용한 것이다.

3연의 '새벽에 준 조로의 물'은 이와 조금 다르다. 새벽에 뿌린 물이 대낮이 지나도록 마르지 않듯이, 메마르고 굳어진 마음이 마르지 않고 촉촉할 때, 촉촉하게 젖어 있을 때 마음의 뉘우침이 가능하다. 그럴 때 비로소 새로운 사랑이 가능해진다.

푸른 하늘을

푸른 하늘을 제압하는
노고지리가 자유로웠다고
부러워하던
어느 시인의 말은 수정되어야 한다

자유를 위해서
비상하여 본 일이 있는
사람이면 알지
노고지리가
무엇을 보고
노래하는가를
어째서 자유에는
피의 냄새가 섞여 있는가를
혁명은
왜 고독한 것인가를

혁명은

왜 고독해야 하는 것인가를

노고지리

노고지리는 종다리의 옛 이름이다. 예전에는 종다리가 무척 흔한 새여서 조선 시대의 시조나 정지용, 서정주 시인의 시에도 등장하곤 했는데, 요즘은 보기 힘든 새가 되었다. 수컷 종다리가 봄철에 '지리지리' 하고 우는 울음소리가 빼어나 옛사람들이 그 울음소리를 즐겨 들었다. 특히 울음을 울 때 하늘에서 정지비행을 하며 크게 우는데, 그 모습이 인상적이다. 화자 역시 그런 종다리의 모습에서 '푸른 하늘을 제압하는 노고지리'라는 표현을 떠올렸을 것이다. 여기서 화자가 말하는 '노고지리'란 자유를 마음껏 누리는 상황을 나타내는 일종의 비유라 하겠다. 노고지리가 하늘을 마음껏 누비듯, 정치적·시대적 자유를 만끽하고 싶은 1960년대 지식인들의 소망을 드러내 보이고 있다.

피의 냄새

하늘을 날아다니는 새만 본 사람들은 새가 날 때부터 자유롭게 하늘을 누볐을 거라 착각하기 쉽다. 하지만 새들이 날기 위해서는 피 나는 대가를 치러야 한다. 어미 새의 품을 떠나 둥지에서 날아오르는 첫 비행 때 무수히 많은 새끼 새가 포식자에게 잡아먹히고 만다. 그런 틈바구니에서 살아남은 새만 이 하늘을 누릴 수 있는 것이다.

고독해야 하는 것 🔍

혁명은 왜 고독해야 하는 것일까? 혁명이 '고독'과 연결된 것은 얼핏 이해가 되지 않는다. 하지만 혁명이 그 이전의 관습적인 것과의 단절을 의미한다는 것을 생각해 보면 쉽게 이해할 수 있다. 혁명은 우리에게 익숙하던 기존의 것들을 깨부수고, 낯설고 새로운 것을 전면에 내세우는 일이다. 혁명이 이전의 어떤 것과 유사하다거나 비슷하다면 그것은 혁명이라 할 수 없다. 혁명은 철저하게 새로운 사건, 단독적으로 출현한 사건이어야 하기 때문이다. 그런 의미에서 혁명은 고독할 수밖에 없다. 어디에 기대지 않고 홀로 서야 하는 것이 혁명이다. 화자는 그런 혁명의 '고독'을 읽어내고 있다.

4·19혁명이 김수영 시에 끼친 영향은 아무리 강조해도 지나치지 않다. 삶의 설움을 노래하던 김수영의 초기 시는 4·19혁명을 겪으며 자유를 향한 강렬한 의지로 진화해 간다. 김수영의 시 세계는 4·19혁명을 만나 만개했다고 할 수 있다. 이 시는 그러한 김수영 시의 면모를 가장 잘 드러내는 작품이다.

　김수영은 1960년대에 들어서면서 당시의 정치 상황에 절망과 회의를 느꼈던 듯하다. 1959년에 쓴 <사령>에서 김수영은 아무 말 못 하고 침묵하는 자신을 '죽은 영혼'에 비유해 노래하고 있다. 또한 4·19혁명 직전에 쓴 <하… 그림자가 없다>에서는 '우리들의 적'은 '보이지는 않'고, '우리들의 싸움은 하늘과 땅 사이에 가득 차 있다'며 '민주주의의 싸움'이 얼마나 험난한지 이야기하고 있다.

　그러던 와중에 4·19를 겪으며 시인은 자유와 혁명의 진정한 의미를 깨닫기 시작하고 이를 작품으로 드러내 보인다. 김수영은 보통 한 해에 5~10편 정도의 시를 썼는데, 4·19를 전후한 1960년과 1961년에는 각각 20편, 18편의 시를 발표한다. 4·19가 시인의 내면을 자극했던 것이 분명하다.

　<우선 그놈의 사진을 떼어서 밑씻개로 하자>(1960. 4. 26.)에서는 '흉악한 그놈의 사진을' 떼어놓고 태우고 '썩어빠진 어제와 결별하자'고 목소리를 높이는가 하면, <기도>(1960. 5. 18.)에서는 '시를 쓰는 마음으로', '꽃을 꺾는

마음으로' 4·19에 희생된 순국 학도에 대한 위로의 노래를 올리기도 한다. <푸른 하늘은>에서는 자유와 혁명에 대해 시인 나름의 생각을 정리해 놓고 있는데, 시인은 '푸른 하늘을 제압하는 노고지리'의 모습만을 보고 있는 사람들에게 그 노고지리가 날아오르기 위해 어떤 대가를 치렀는지 말하고 싶었던 것 같다. 진정한 혁명을 위해서는 희생을 두려워하지 않고 맞서야 함을 강조하면서 혁명의 완수를 기대한 것이다.

그러나 그런 혁명에 대한 기대는 <육법전서와 혁명>에서부터 어떤 위태로움이 느껴지기 시작하는데, "혁명이란 / 방법부터가 혁명적이어야 할 터인데 / 이게 도대체 무슨 개수작이냐"와 같은 절박한 비난과 "차라리 / 혁명이란 말을 걷어치워라"와 같은 비판이 이루어진다. <만시지탄은 있지만>이라는 작품에서는 "민주당이 제일인 세상에서는 / 민주당에 붙고 / 혁신당이 제일인 세상이 되면 / 혁신당에 붙으면 되지 않는가 / …… / 인제는 지조랑 영원히 버리고 마음 놓고"라며 혁명의 변절을 만시지탄하고 있다. 결국 <그 방을 생각하며>에서는 "혁명은 안 되고 나는 방만 바꾸어 버렸다"며 미완으로 끝나버린 4·19에 대해 쓰디쓴 입맛을 되새기고 있다.

절망

풍경이 풍경을 반성하지 않는 것처럼
곰팡이 곰팡을 반성하지 않는 것처럼
여름이 여름을 반성하지 않는 것처럼
속도가 속도를 반성하지 않는 것처럼
졸렬과 수치가 그들 자신을 반성하지 않는 것처럼
바람은 딴 데에서 오고
구원은 예기치 않은 순간에 오고
절망은 끝까지 그 자신을 반성하지 않는다

풍경, 곰팡, 여름, 속도, 졸렬, 수치 🔍

'풍경'은 언제나 그대로 우리 눈 앞에 펼쳐진 모습이다. 변화가 없는 관성적인 모습을 풍경이라는 말로 표현한 것이다. '곰팡(곰팡이)'은 동식물의 사체나 습기가 가득한 곳에 자리를 잡는다. 남에게 기생하며 썩어가는 존재라 하겠다. '여름'은 사계절 중에 만물의 생동력이 가장 왕성한 시기다. 흔한 말로 가장 잘나가는 시기라 하겠는데, 이럴 땐 앞뒤 돌아볼 틈이 없기 마련이다. '속도' 역시 같은 맥락이다. 속도란 내달리는 것이고 앞으로 질주하는 것이므로 뒤를 돌아보지 않는다. 이들은 모두 반성하지 않는다는 점에서 하나로 묶인다. '졸렬'과 '수치'는 이들을 감정으로 바꾸어 표현한 것이다. 반대로 '졸렬'과 '수치'의 감정을 구체화한 것이 '곰팡'이라 할 수 있다.

반성하지 않는 것처럼 🔍

'~이 ~을 반성하지 않는 것처럼'이라는 표현은 이 시에서 다섯 차례 반복된다. 그만큼 시인은 반성하지 않는 존재에 대한 위험을 강조했다. 그렇다면 '반성'은 무엇인가? 성찰하는 행위, 자기 자신을 객관화하여 되돌아보는 행위다. 인간은 반성을 통해 인간다워진다. 결국 반성이란 존재의 진정한 모습을 되찾고자 하는 노력, 진실한 자리에 서려고 하는 행위다. 앞서 제시된 풍경, 곰팡, 여름, 속도, 졸렬, 수치는 바로 그런 반성을 모르는 존재들이다. 반성을 모르기에 위험하고 절망스럽다.

바람은 딴 데에서 오고 🔍

김수영의 시에서 '바람'은 다양한 상징을 가진 표현으로 쓰이는데, 여기서는 '구원'과 한데 엮여 절망스러운 존재를 구원하게 하는 변화의 힘을 뜻한다. 바람이 딴 데에서 온다는 것은 반성하지 못한 존재들은 그 바람이 올 것을 모를 뿐만 아니라 어디에서 오는지도 알려고 하지 않는다는 말이다. '구원' 역시 마찬가지다. 구원은 준비되지 않은 때에 느닷없이, 그야말로 도둑처럼 온다. 우리나라가 일제에서 해방될 때도 그러하지 않았던가.

반성하지 않는다 　　　　　　　　　　🔍

가장 절망스러운 존재는 자신만이 옳다는 절대적 믿음을 버리지 않고 끝내 반성하지 않는 존재이다. '반성하지 않기에' 구원과 바람을 예측하지 못했고, 그렇기에 절망의 상태에서 벗어나지 못한다. 어느 시인은 일제 시대에 자신이 친일을 한 이유를 묻는 질문에, 우리가 그렇게 빨리 독립할 수 있으리라 생각하지 못했기 때문이라 답했다. 바람은, 구원은 그처럼 기대하지 않은 순간에 도둑처럼 온다. 절망은 반성하지 않기에 절망적이다. 반성하는 존재는 절망을 희망으로 바꿀 수 있다. 절망스러운 존재는 끝끝내 반성하지 않고 자기를 되돌아보지 않는다. 그렇기에 절망스러운 것이다.

이 시는°°°°°°°°°

'절망(絶望)'은 말 그대로 '희망이 없어져 체념하고 포기함'을 뜻한다. 어떤 때 우리는 희망을 잃고 체념하고 포기하게 될까? 이 시를 쓴 시인은 무엇 때문에 절망을 생각하게 된 것일까?

이 시는 1965년에 발표되었지만, 시인의 친필원고를 보면 1962년에 탈고한 것을 확인할 수 있다. 1962년은 5·16 군사쿠데타로 소위 군부 세력이 정권을 잡은 시기다. 민주화의 열망이 가득했던 4·19혁명이 제대로 마무리되지 못하고 군사쿠데타로 인해 사회 전체가 싸늘하게 냉각된 시기라고 할 수 있다. 전쟁의 상흔에서 조금씩 회복해 가면서 민주화된 사회로 접어드는가 싶었는데 다시 군사독재의 시대를 맞게 된 것이다. 이러한 암울한 시대적 상황 때문에 김수영이 '절망'을 생각하게 된 것일까?

정권을 잡은 군부 세력은 근대화라는 이름 아래 사회 개혁을 강하게 밀어붙이기 시작한다. 소위 '경제개발 5개년계획'이란 이름으로 국가 주도 산업화와 근대화 정책을 펼치기 시작한 것이 1962년이다. 근대화의 가속도를 붙이기 시작한 것이다. 사회 전체가 근대화를 목표로 전진만을 외치기 시작한다. 이런 사회적인 분위기에서 '반성'이란 발붙이기 어려운 것이다.

그러나 시인은 그럴수록 반성하고 자신을 되돌아보아야 한다고 말한다. 그리고 '반성하지 않는 존재'의 절망을 이야기한다. 반성하지 않는 존재에

겐 구원도 바람도 없다. 그저 절망뿐이다. 사회가 근대화의 방향으로 일사불란하게 나아갈 때 당장은 속도를 내며 나아가겠지만 그것은 일시적인 착각일 뿐이다. 자신을 되돌아볼 줄 모르는 존재는 스스로가 만든 덫에 빠져 몰락하고 만다.

　반성을 모르는 존재는 절망적이다. 반성을 모르는 시대 역시 절망적이다. 시인은 반성을 통해 절망에서 희망을 기대한다. 그래야 변화의 바람을 기다리며 구원을 준비할 수 있다. 시인은 시대의 희망을 노래하기 위해 절망을 먼저 이야기하고 있는 것이다.

죄와 벌

남에게 희생을 당할 만한
충분한 각오를 가진 사람만이
살인을 한다.

그러나 우산대로
여편네를 때려눕혔을 때
우리들의 옆에서는
어린놈이 울었고
비 오는 거리에는
40명가량의 취객들이
모여들었고
집에 돌아와서
제일 마음에 꺼리는 것이
아는 사람이
이 캄캄한 범행의 현장을
보았는가 하는 일이었다
─아니 그보다도 먼저

아까운 것이
지우산을 현장에 버리고 온 일이었다.

지우산(紙雨傘) 가늘게 쪼갠 대나무로 만든 살에 기름 먹인 종이를 발라
　만든 우산.

충분한 각오   🔍

이 시의 1연은 한 편의 아포리즘과 같은 문장이다. 그러나 문장의 뜻이 쉽게 이해되지 않는다. '희생을 당할 만한 충분한 각오'를 해야 '살인'을 할 수 있다는 말이 어떤 의미인지 알기 어렵다. 이를 이해하기 위해 도스토옙스키가 쓴 동명의 소설《죄와 벌》을 떠올려보자.

《죄와 벌》의 주인공 라스콜리니코프는 전당포를 운영하는 노파를 살인한다. 그를 죽이고 돈을 빼앗아 불쌍한 사람들을 도울 수 있다면 인류를 위하는 것이라는 생각 때문이었다. 라스콜리니코프는 인류를 위해 자신을 희생하기로 각오하고 살인을 저지른 것이다. 그러나 살인 이후 라스콜리니코프는 죄책감에 괴로워하고, 결국 시베리아 유형지에서 죄를 뉘우치고 새로운 삶을 살게 된다.

이를 바탕으로 1연을 해석할 수 있다. 이 살인은 단순한 원한으로 인한 살인이 아니라 '남을 위한' 살인이다. 살인자는 벌을 받음으로써 새로 태어나게 된다. 결국 '남에게 희생당할 각오를 하고 살인을 저지르는 자'는 자신의 죄를 인정하고 그에 따른 벌을 받을 각오를 하기에, 죄와 벌의 연결고리를 통한 '다시 태어남(갱생)'을 이룰 수 있는 것이다.

여편네 $\mathcal{Q}$

그러나 화자는 살인을 저지르지 못한다. 기껏 저지른 '범행'이란 게 우산대로 여편네를 때려눕힌 것에 불과하다. 살인이 아닌 폭행에 그쳤다는 것은 충분한 각오를 하지 못했다는 것이다. 그러니 그에 따르는 벌을 통해 그가 새로 태어나는 건 애초에 글러먹었다. 오히려 자기 자신이 그렇게 보잘것없은 존재라는 것만 드러날 뿐이다.

여기서 문제가 되는 단어는 '여편네'다. 김수영은 그의 시에서 '여편네'라는 말을 거리낌 없이 썼는데, 이는 김수영의 시가 여성을 비하하고 도구화한다는 비판이 나오게 된 이유이다. 그러나 '여편네'라는 단어가 그렇게 단순히 여성을 비하하는 시선을 드러내는 말이라 보기는 어렵다. 김수영은 자신이 극복해야 할 대상을 '적'과 같은 단어로 표현하곤 했는데, '여편네' 역시 그런 표현 가운데 하나이다. '여편네'는 결혼한 남자에게 아내가 떨어질 수 없는 존재인 것처럼, 김수영이 살아가는 데 떼어놓을 수 없는 존재이자 극복해야 할 대상을 상징적으로 표현한 것이다.

지우산을 버리고 온 일   🔍

때려눕힌 여편네를 우는 어린놈과 함께 내버려두고 혼자 집에 왔을 때 화자의 마음을 꺼리게 하는 것은 아내의 안부가 아니었다. 자신의 체면이었다. 화자를 '아는' 사람이 이 범행의 현장을 보았는가 하는 걱정! 누군가 자신의 범행을 목격했다면 그것은 자신의 위신과 평판이 깎이는 일이다. 아내를 때리고 나서, 맞은 아내를 걱정하기보다 누군가 자신의 모습을 본 것은 아닐까 하는 걱정이 앞서는 이 존재, 속물이 아닐 수 없다.

그런데 화자는 여기서 한 걸음 더 나아간다. 자신의 체면보다도 더 아까운 것은 바로 '지우산'을 현장에 버리고 온 일이었다. 아내의 안부보다도 자신의 위신보다도 지우산 하나가 더 신경 쓰이는, 물질에 사로잡힌 쪼잔함! 그 속물이 바로 자기 자신이라는 비참한 고발. 이것이 이 시가 담고 있는 처참한 자기 고백이다.

생전의 김수영에게 아내 김현경은 애증의 대상이었다. 김현경은 이화전문학교를 나왔으며 문학에도 재능이 있었던 우수한 인재였다. 김현경의 회고록에 따르면, 김수영과 김현경은 서로에게 아주 강렬하게 이끌렸던 것 같다. 둘은 1950년에 결혼식을 올려 매우 행복한 결혼생활을 시작하지만, 몇 달 만에 한국전쟁이 일어나면서 아주 짧은 순간의 행복은 산산조각이 나고 만다.

전쟁통에 김수영은 의용군으로 끌려가 생사를 알 수 없게 되었고, 생활이 막막해진 김현경은 부산으로 피란을 가서 김수영의 동창인 이종구와 함께 살게 되었다. 전쟁 이후 김수영이 돌아와 두 사람은 재결합을 했지만, 생활이 이전처럼 평탄하지는 않았다.

김수영은 <벽>이라는 글에서 아내가 '벽'처럼 느껴진다고 고백하고 있다. "벽이란 한계점이다. 고치려야 고칠 수 없는 막다른 골목이다. 숙명이다."라고 하며 아내의 존재가 자신에게 넘어야 할 벽이자 한계임을 말하고 있다. 이 시는 그런 아내를 '여편네'로 등장시키며 자신의 한계를 스스로 되돌아보고 있다.

기록에 따르면, 1958년 가을에 김수영은 아내와 둘째 아이를 데리고 영화관에 간다. 영화를 다 보고 나와서 길을 걷다가 돌연 아내를 우산으로 때려눕힌다. 어린놈이었던 둘째 아이는 울음을 터뜨리고 만다. 그 폭행 사건이 왜 일어나게 되었는지는 자세히 알기 어렵다. 중요한 것은 이 시가 바로 그 사건을 모티프로 삼았다는 것이다. 그렇지만 이 시는 단순히 현실의 사건을 재현한 것이 아니다. 시인은 이 사건을 시로 형상화하면서 '시적인 것'을 드러내고자 했다. 그것은 비겁하면서도 속물적인 자기 자신에 대한 고발이자, 더 나아가 죄를 지은 가해자는 무엇을 통해 다시 태어날 수 있는가에 대한 고민이었다.

시인은 자신이 우산대로 아내를 때린 현장을 고발하면서, 혼자 집에 돌아와서도 아내의 안위를 걱정하기보다는 자신의 체면이 깎이지는 않을까, 누군가 그 장면을 목격하지는 않았을까 근심스러워하는 자신을 솔직하게 드러낸다. 그리고 더 나아가 자신의 체면보다도 지우산 하나가 더 아까웠다는 속물적인 마음까지도 까발린다.

이 시가 자신이 속물이라는 고백에 그치는 것이었다면 2연에 있는 내용만으로도 충분했을 것이다. 그런데 시인은 1연의 내용을 앞에 배치함으로써 자신과 같은 속물이 다시 태어나는 길이 '죄'와 '벌'의 연결에 있음을 밝힌다. 자신은 '남에게 희생당할 만한 각오'를 할 존재가 못 되기에 '살인'과 같은 큰 죄는 짓지 못한다. 자신이 할 수 있는 것이라고는 고작 우산대로 자신의 아내를 때려눕히는 못난 짓뿐이다. 그리고 못난 행동과 비겁하고 속물적인 생각을 하는 과정에서 자기 자신이 얼마나 보잘것없는 존재인가를 뼈저리게 인식하는 '벌'을 받고 있는 것이다.

거대한 뿌리

나는 아직도 앉는 법을 모른다
어쩌다 셋이서 술을 마신다 둘은 한 발을 무릎 위에 얹고
도사리지 않는다 나는 어느새 남쪽식으로
도사리고 앉았다 그럴 때는 이 둘은 반드시
이북 친구들이기 때문에 나는 나의 앉음새를 고친다
8·15 후에 김병욱이란 시인은 두 발을 뒤로 꼬고
언제나 일본 여자처럼 앉아서 변론을 일삼았지만
그는 일본 대학에 다니면서 4년 동안을 제철회사에서
노동을 한 강자다

나는 이자벨 버스 비숍 여사와 연애하고 있다 그녀는
1893년에 조선을 처음 방문한 영국 왕립지학협회 회원이다
그녀는 인경전의 종소리가 울리면 장안의
남자들이 모조리 사라지고 갑자기 부녀자의 세계로
화하는 극적인 서울을 보았다 이 아름다운 시간에는
남자로서 거리를 무단통행할 수 있는 것은 교군꾼,
내시, 외국인 종놈, 관리들뿐이었다 그리고
심야에는 여자는 사라지고 남자가 다시 오입을 하러

활보하고 나선다고 이런 기이한 관습을 가진 나라를
세계 다른 곳에서는 본 일이 없다고
천하를 호령한 민비는 한 번도 장안 외출을 하지 못했다고……

전통은 아무리 더러운 전통이라도 좋다 나는 광화문
네거리에서 시구문의 진창을 연상하고 인환네
처갓집 옆의 지금은 매립한 개울에서 아낙네들이
양잿물 솥에 불을 지피며 빨래하던 시절을 생각하고
이 우울한 시대를 파라다이스처럼 생각한다
버드 비숍 여사를 안 뒤부터는 썩어빠진 대한민국이
괴롭지 않다 오히려 황송하다 역사는 아무리
더러운 역사라도 좋다
진창은 아무리 더러운 진창이라도 좋다
나에게 놋주발보다도 더 쨍쨍 울리는 추억이
있는 한 인간은 영원하고 사랑도 그렇다

비숍 여사와 연애를 하고 있는 동안에는 진보주의자와

사회주의자는 네 에미 씹이다 통일도 중립도 개좆이다
은밀도 심오도 학구도 체면도 인습도 치안국
으로 가라 동양척식회사, 일본영사관, 대한민국 관리,
아이스크림은 미국놈 좆대강이나 빨아라 그러나
요강, 망건, 장죽, 종묘상, 장전, 구리개 약방, 신전,
피혁점, 곰보, 애꾸, 애 못 낳는 여자, 무식쟁이,
이 모든 반동이 좋다
이 땅에 발을 붙이기 위해서는
…… 제3인도교의 물속에 박은 철근 기둥도 내가 이 땅에
박는 거대한 뿌리에 비하면 좀벌레의 솜털
내가 내 땅에 박는 거대한 뿌리에 비하면

괴기영화의 맘모스를 연상시키는
까치도 까마귀도 응접을 못 하는 시꺼면 가지를 가진
나도 감히 상상을 못 하는 거대한 뿌리에 비하면……

인경전 보신각.

교군꾼 가마꾼.

시구문 시체를 내보내던 문.

치안국 오늘날의 경찰청.

장전 장롱 따위의 세간을 만들어 파는 가게.

구리개 '을지로'의 이전 명칭.

신전 신발을 파는 가게.

앉는 법

걷거나 앉는 일은 아무렇지도 않게 할 수 있는 것인데, 화자는 '앉는 법'을 모른다고 말을 꺼낸다. '나'가 '남쪽식으로 도사리고 앉'으면 이북 친구들은 반드시 '나의 앉음새를 고친다'고 한 것으로 보아, '앉는 법'이 단순히 앉는 방법을 의미하는 것이 아니라 '삶의 자세'나 '현실과 맞서는 자신만의 태도와 방법'을 의미한다고 볼 수 있다. 뒤이어 예를 들고 있는 김병욱 시인은 자신만의 앉는 법을 알고 있기에 '강자(强者)'인 것이다. 그렇다면 이 시는 화자가 자신만의 '앉는 법'을 찾는 이야기일 수 있다.

이자벨 버스 비숍

이자벨 버스 비숍 여사와 연애하고 있다는 것은 이자벨 버스 비숍 여사가 조선을 둘러보고 쓴 《조선과 그 이웃나라들》(1898)이라는 책을 읽고 있다는 말이다. 화자는 그 책을 읽으며 자신이 미처 알지 못했던 조선의 새로운 면모를 만난다. 그 새로운 면모란 '남자들이 모조리 사라지고 갑자기 부녀자의 세계로 화하는 극적인 서울'이다. 왜 이것이 화자에게 새로운 면모로 각

인되었던 것일까?

　화자가 '천하를 호령한 권력'이 사라지고 여자들이 활보할 수 있는 시간을 '아름다운 시간'이라 표현한 이유는 당시의 시대적 상황과 연관 지어 이해할 수 있다. 이 시가 쓰인 시기는 5·16 군사쿠데타로 인해 4·19혁명이 피워 올린 자유를 향한 민주화의 열망이 사그라들기 시작한 무렵이다. 매 순간 정치권력의 압박을 느끼며 살아야 하던 시절, 화자는 권력이 사라진 공백의 순간, 그 자유의 시간을 이자벨 버스 비숍의 책을 통해서야 비로소 발견한다. 그리고 그런 공백의 순간이 존재하던 19세기 말의 조선을 새롭게 보게 되는 것이다.

전통	🔍

2연에서 이루어진 조선에 대한 재발견은 전통에 대한 새로운 인식으로 이어진다. '전통은 아무리 더러운 전통이라도 좋다'는 선언은 익숙한 전통, 익숙한 역사를 외부의 시선을 통해 재인식함으로써 자신의 뿌리를 새롭게 바라볼 힘을 얻게 된 화자의 자신 있는 선언이다. 우리는 과거와 현재 그리고 미래가 마치 나누어진 별개의 것인 양 생각하지만 실상은 그렇지 않다. 과

거는 현재의 중첩이다. 반대로 말하면 현재는 과거 없이 존재할 수 없고, 미래도 마찬가지다. 과거를 긍정하지 않으면 현재는 물론이고 미래도 열어갈 수 없다는 사실. 화자가 깨달은 것이 바로 그 점이다.

이 모든 반동   Q

진보주의자, 사회주의자, 통일, 중립, 은밀, 심오, 학구, 체면, 인습, 동양척식회사, 일본영사관, 대한민국 관리, 아이스크림. 이 모든 것들은 전통과 무관한 것들, 외래에서 건너온 것들이거나 그것의 모방품이다. 화자는 그것들을 밀어내고 '요강, 망건, 장죽, 종묘상, 장전, 구리개 약방, 신전, 피혁점, 곰보, 애꾸, 애 못 낳는 여자, 무식쟁이', 이 모든 반동(反動)을 전통으로 불러들인다.

거대한 뿌리 🔍

전통을 재인식하고 자신이 선 자리를 인정하는 것은 한강의 제3인도교의 철근 기둥마저도 솜털로 보이게 만드는 거대한 뿌리를 이 땅에 내리는 일이다. 그 거대함은 우리가 지금껏 살아오며 일구었던 전통의 거대함에서 비롯한다. 이 거대함을 제대로 인식할 때, 그 뿌리는 말라 죽지 않고 우리의 전통에 깊이 뿌리를 내려 새로운 역사를 열어나갈 기둥과 줄기를 키워낼 수 있을 것이다.

1968년 김수영이 불의의 사고로 작고한 뒤, 주위 사람들은 그의 시들을 모아 시선집을 펴내기로 한다. 그리고 1974년 그의 이름을 달고 나온 첫 시선집이 세상에 선을 보인다. 그 시선집의 제목이 바로 '거대한 뿌리'였다. 시인의 사후 처음 펴낸 시선집의 제목을 <거대한 뿌리>에서 가져왔다는 것은 이 작품이 김수영의 시 세계에서 갖는 무게를 보여준다.

이 시는 김수영이 5·16 군사쿠데타 이후 위축되어 있던 사회와 문단에 더욱 격렬하게 자신만의 시론과 시 창작물을 선보이며 맞서 싸운 시인의 마지막 시기를 대표하는 작품이다. '전통은 아무리 더러운 전통이어도 좋다'고 선언하는 호기로움은 자신이 딛고 선 현실과 전통을 진정으로 인식한 자의 자신감이라고 할 수 있다. 그래서 이 시의 어조는 거침없이 내닫는다. 욕설과 비속어의 사용 또한 이 거침없는 자신감의 표현이기도 하다.

이 시에서 먼저 눈에 들어오는 것은 신속한 이야기의 전환이다. 1연은 자신만의 '앉는 법'을 알고 있는 사람은 '강자'라는 이야기에서 시작된다. 이어지는 2연은 갑작스레 19세기 조선의 풍물을 기록한 이자벨 버스 비숍 여사의 이야기로 옮겨간다. 그녀와 연애를 하고 있다며 밝힌 19세기 말 조선의 풍경은 사람들을 억누르던 절대권력이 일순간 사라지는 공백의 공간이었다.

19세기 말 조선에서 발견한 낯선 시공간, 그 발견에 흥분한 시인은 '전통은 아무리 더러운 전통이어도 좋다'고 외친다. 그리고 뒤이어 지금 이 순간에도 살아 있는 전통, 즉 시구문의 진창과 개울터의 빨래하는 아낙들과 요강, 망건, 장죽, 종묘상, 장전, 구리개 약방, 신전, 피혁점, 곰보, 애꾸, 애 못 낳는 여자, 무식쟁이 등으로 이어지는 무수한 반동들의 목록을 나열하며, 이 모든 것이 '나'를 구성하는 역사이고, 역사를 이어오는 거대한 뿌리를 이루는 것임을 말하고 있다.

현대식 교량

현대식 교량을 건널 때마다 나는 갑자기 회고주의자가 된다
이것이 얼마나 죄가 많은 다리인 줄 모르고
식민지의 곤충들이 24시간을
자기의 다리처럼 건너다닌다
나이 어린 사람들은 어째서 이 다리가 부자연스러운지를 모른다
그러니까 이 다리를 건널 때마다
나는 나의 심장을 기계처럼 중지시킨다
(이런 연습을 나는 무수히 해왔다)

그러나 문제는 이러한 반항에 있지 않다
저 젊은이들의 나에 대한 사랑에 있다
아니 신용이라고 해도 된다
"선생님 이야기는 20년 전 이야기이지요"
할 때마다 나는 그들의 나이를 찬찬히
소급해 가면서 새로운 여유를 느낀다
새로운 역사라고 해도 좋다
이런 경이는 나를 늙게 하는 동시에 젊게 한다

아니 늦게 하지도 젊게 하지도 않는다
이 다리 밑에서 엇갈리는 기차처럼
늙음과 젊음의 분간이 서지 않는다
다리는 이러한 정지의 증인이다
젊음과 늙음이 엇갈리는 순간
그러한 속력과 속력의 정돈 속에서
다리는 사랑을 배운다
정말 희한한 일이다
나는 이제 적을 형제로 만드는 실증을
똑똑하게 천천히 보았으니까!

현대식 교량 🔍

화자는 '현대식 교량'을 건널 때 '회고주의자'가 된다. 그냥 '다리'라고 하지 않고 '현대식 교량'이란 말을 쓴 것은 '회고주의자'라는 표현과 맞세우기 위해서이다. 현대식 교량을 건널 때마다 화자는 현대와 과거의 대립을 떠올리게 된다. 그 과거는 식민지의 기억과 연결된 것이며, 그 다리가 식민지 지배의 일환으로 건설되었다는 점을 떠올릴 때, 화자에게 이 다리는 '죄 많은 다리'가 된다.

사랑, 신용 🔍

심장을 중지시킨다는 것은 판단을 애써 멈추는 것이다. 그것은 화자가 할 수 있는 다리에 대한 최소한의 반항이었다. 그런데 이제 화자는 그런 반항이 아닌 새로운 감정을 갖게 된다. 그것은 바로 '젊은이들에 대한 나의 사랑 혹은 신용'이다. 아무것도 모르는 나이 어린 사람들이 "선생님 이야기는 20년 전 이야기지요."라고 말하며 과거의 역사를 대신할 '새로운 역사'를 이야기할 때, 화자는 그들에 대한 사랑 또는 신용에 바탕을 둔 '새로운 여유'를 느끼게 되는 것이다.

정지의 증인 🔍

과거의 식민지 기억을 떠올리게 하던 다리가 새로운 세대에 대한 사랑과 신
용으로 전환되었다. 이런 감정의 전환은 경이롭다. 그러한 전환이 화자를
늙게 하는 동시에 젊게 한다. 아니, 늙게 하지도 젊게 하지도 않는다. '늙음
과 젊음의 분간이 서지 않는' '정지의 증인'이 바로 이 다리인 것이다.

적을 형제로 만드는 실증 🔍

젊음과 늙음이 엇갈리는 순간, 과거를 향하던 속력과 미래를 향하는 속력이
정돈되는 그 안에서 '다리는 사랑을 배운다'. 그 '사랑'은 적을 형제로 만드
는 기적을 일으키며, 화자는 그 기적의 '실증(實證)'을 '똑똑하게 천천히 보
고' 있다. 기적의 순간을 체험하고 목격하고 있는 셈이다.

김수영은 자신의 시에 종종 '다리'의 이미지를 끌고 들어온다. <거대한 뿌리>에서 언급한 '제3인도교의 물속에 박은 철근 기둥'의 이미지가 그러한 예의 하나인데, 서울에서 나고 자란 김수영에게 서울을 가로지르는 한강과 그 한강의 양쪽을 이어주는 다리의 풍경은 새로운 시적 영감을 던져주던 것이다. 다리는 이쪽과 저쪽을 잇는다. 그래서 무수한 시에서 다리는 경계 또는 소통의 상징으로 쓰인다. 이 시에서도 '현대식 교량'이라는 말을 표나게 내세워 '나이 어린 사람들'과 '나' 사이, '젊음'과 '늙음' 사이, '형제'와 '적' 사이를 잇는 중개자로서의 다리를 형상화하고 있다.

'나이 어린 사람들'은 '어째서 이 다리가 부자연스러운지 모른다'. 하지만 그 사실을 다리를 건널 때마다 떠올리는 화자는 다리를 건너는 모든 사람이 아직도 '식민지의 곤충'처럼 여겨지기에, 그러한 판단을 '중지'시킬 수밖에 없다. 아무것도 모르는 나이 어린 사람들에게, 다리를 건너는 것이 식민지의 곤충과 같이 되는 것이며 자연스러운 일이 아니라는 말을 해서는 안 되기 때문이다.

'회고주의자'이던 화자는 '나이 어린 사람들'에게서 신용과 사랑을 발견한다. 젊음과 늙음이 정지된 순간, 속력과 속력이 정돈되는 곳에서 '다리는 사랑을 배운다'는 것을 깨닫는다. 이 깨달음을 통해 서로 대립되는 두 존재가 적에서 형제로 탈바꿈할 수 있는 가능성을 발견하고 있다. 결국 '현대식 교량'은 과거와 미래가 교차하는 '현재'의 가능성을 이야기하는 작품이다.

　<거대한 뿌리>에서 한강에 내려 박은 기둥을 떠올리며 전통에 뿌리박은 거대함를 떠올렸던 시인은, 이 시에서는 한강의 양쪽을 이어주는 다리의 풍경에서 과거와 미래를 잇는 '현대식 교량'을 생각해 낸 것이다. 이 무렵의 시인이 청산해야 할 대상으로서의 부정적인 과거가 아니라 긍정적으로 재해석되어야 할 대상으로서 '전통'을 깊이 고민했음을 생각한다면, '현대식 교량'은 '전통'을 바탕으로 우리의 역사를 다음 세대에게 넘겨주기 위한 시인 자신 세대에 대한 자신감을 표현한 것이라 보아도 좋을 것이다.

어느 날 고궁을 나오면서

왜 나는 조그마한 일에만 분개하는가
저 왕궁 대신에 왕궁의 음탕 대신에
오십 원짜리 갈비가 기름덩어리만 나왔다고 분개하고
옹졸하게 분개하고 설렁탕집 돼지 같은 주인년한테 욕을 하고
옹졸하게 욕을 하고

한번 정정당당하게
붙잡혀 간 소설가를 위해서
언론의 자유를 요구하고 월남파병에 반대하는
자유를 이행하지 못하고
이십 원을 받으러 세 번씩 네 번씩
찾아오는 야경꾼들만 증오하고 있는가

옹졸한 나의 전통은 유구하고 이제 내 앞에 정서로
가로놓여 있다
이를테면 이런 일이 있었다
부산에 포로수용소의 제14야전병원에 있을 때

정보원이 너어스들과 스펀지를 만들고 거즈를
개키고 있는 나를 보고 포로경찰이 되지 않는다고
남자가 뭐 이런 일을 하고 있느냐고 놀린 일이 있었다
너어스들 옆에서

지금도 내가 반항하고 있는 것은 이 스펀지 만들기와
거즈 접고 있는 일과 조금도 다름없다
개의 울음소리를 듣고 그 비명에 지고
머리에 피도 안 마른 애놈의 투정에 진다
떨어지는 은행나무 잎도 내가 밟고 가는 가시밭

아무래도 나는 비켜서 있다 절정 위에는 서 있지
않고 암만해도 조금쯤 옆으로 비켜서 있다
그리고 조금쯤 옆에 서 있는 것이 조금쯤
비겁한 것이라고 알고 있다!

그러니까 이렇게 옹졸하게 반항한다

이발쟁이에게
땅 주인에게는 못 하고 이발쟁이에게
구청직원에게는 못 하고 동회직원에게도 못 하고
야경꾼에게 이십 원 때문에 십 원 때문에 일 원 때문에
우습지 않으냐 일 원 때문에

모래야 나는 얼마큼 작으냐
바람아 먼지야 풀아 나는 얼마큼 작으냐
정말 얼마큼 작으냐 ……

조그마한 일

화자가 말하는 '조그마한 일'은 '갈비탕에 기름덩어리만 있다고 욕을 하는 것', '돈을 받으러 오는 야경꾼들에게 화를 내는 것'이다. 그렇다면 큰일은 무엇일까? '붙잡혀 간 소설가를 위해서 언론의 자유를 요구하고 월남파병에 반대하는' 것이다. 조그마한 것과 큰 것의 대비를 통해 문제의식을 드러내고 있다.

화자는 개인적인 일이나 사소한 일에는 분노할 수 있지만, 사회적인 일이나 역사적인 일에는 분노하지 못한다. 자신의 안위 이외에는 신경 쓰지 못한 채 살아가고 있는 소시민적인 자신을 발견하고 그에 대한 의문을 던지는 것이 바로 화자의 문제의식이다.

옹졸한 나의 전통

고궁을 나오며 발견한 문제의식은 자신의 삶을 되돌아보는 것으로 이어진다. 자신의 삶을 되돌아보니, 옹졸한 태도는 '전통'으로 자리 잡을 만큼 오래 이어져 왔고, '정서'로 가로놓일 정도로 고착화되어 있다. 옹졸함이 삶의 기본값이 되어 있는 것이다. 포로수용소에서 환자들의 붕대를 개는 일을 하고 있을 때도 마찬가지였다. 정보원들이 남자가 뭐 이런 일을 하느냐고 놀릴 때도 그저 묵묵히 거즈만 접었던 화자는 옹졸했다. 거즈 접는 일 자체가 옹졸한 것이 아니라, 시비를 거는 정보원들에게 대거리도 못 한 채 고개를 숙인 자신이 옹졸했다는 것이다. 그런 옹졸한 자기 자신을 인식하는 것은 '가시밭'을 밟고 가는 것과 마찬가지다.

비켜서 있다   🔍

화자는 자신의 과거를 떠올리며 자신의 삶이 '아무래도 비켜서 있다'고 생각한다. 옹졸하고 비겁하다는 자기 인식이 '절정'에 서지 못하고 비켜서 있다는 인식으로 이어지는 것이다. 자기 자신이 비겁하고 옹졸한 것을 알고 있지만 화자는 '절정'으로 나아가지 못한다. 정정당당하게 자유를 이행하라고 외치지 못한다. 할 수 있는 것은 그저 이발쟁이에게, 야경꾼에게 반항하는 일뿐이다. 자신의 반항이 옹졸하고 보잘것없을수록 자기 자신 역시 그 정도로 작은 존재가 된다는 것을 화자는 잘 알고 있다. 그렇지만 감히 행동하지 못하는 것, 그것이 화자가 가진 한계일 것이다.

얼마큼 작으냐   🔍

스스로를 옹졸하고 비겁하다고 느끼고 있는 화자는 '모래'와 '바람'과 '먼지'와 '풀'에게 묻는다. '나는 얼마큼 작으냐?'라고. 흔히 우리가 작고 보잘 것없다고 생각하는 것들에게 그런 질문을 한다는 것은 화자가 가장 낮은 자리로 내려가 자기반성을 하고 있음을 의미한다. 화자는 자신이 얼마나 작은 존재인지를 뼈저리게 깨닫고 반성함으로써, 그 작고 보잘것없는 자신을 다시 일으키고자 하는 다짐을 하는 것이다.

김수영의 시 세계에서 4·19혁명과 5·16 군사쿠데타는 중요한 변곡점이다. 김수영은 4·19혁명을 겪으면서 자유와 혁명의 참된 의미를 고민하고 이를 시에 담아내었다. 그렇지만 그런 자유에 대한 탐구는 곧이어 터진 5·16 군사쿠데타로 인해 무참히 꺾이고 만다. 군부 세력에 의한 시민혁명의 좌절은 김수영을 좌절과 절망으로 밀어 넣었고, 그런 상황에 대한 시인의 대응 양상이 잘 드러난 것이 바로 이 시다.

이 시의 첫 문장은 도발적이다. '왜 나는 조그마한 일에만 분개하는가?' 우리가 화를 내는 때는 보통 자기가 중요하게 생각하는 어떤 일이 어그러졌을 때다. 그런데 화자는 조그마한 일에만 분개한다. 조그마한 일은 무엇이며 그것에 분개하는 이유는 무엇인지 독자들이 궁금해하도록 만든 매력적인 도입부다.

우리가 고궁을 찾을 때 고궁에서 느끼는 감정들은 전통에 대한 감탄이나 존경, 고궁의 건축적인 아름다움 같은 것이 보통일 것이다. 하지만 화자는 고궁에서 '왕궁의 음탕'을 발견한다. 그 음탕은 화려한 건축물을 쌓아 올렸을 조선 시대의 절대권력의 어두운 측면을 뜻하는 말이다.

군사쿠데타로 세워진 정부에 대한 비판과 저항의식이 고궁을 새롭게 바라보게 만들었고, 시인은 고궁에서 절대권력의 문제점을 읽어낸다. 그리고 그에 분노하지 못한 자신이 유구한 전통으로, 고착화된 정서로 살고 있음을 자각하게 된다. 이것이 역사를 새롭게 보게 만들었고, 자신의 삶 전체를 돌아보며 자신의 삶이 오랫동안 옹졸하고 비겁했다는 것을 드러내 보이는 것이다.

잘못된 사회적 문제에 대한 비판은 하지 못하고 오히려 애꿎은 갈비탕집 주인아주머니에게만 욕을 하고, 야경꾼들에게 욕을 한다. 비판해야 할 대상을 정면으로 들이받지 못하고 애꿎은 화풀이로 시작한 이 시는, 대뜸 그런 애꿎은 화풀이가 화자 자신의 유구한 전통이자 정서라고 고백한다. 그리고 포로수용소에서 그랬던 것처럼, 자신에 대한 비난에 맞서지 못하고 비겁하게 외면한 것이 지금껏 화자가 살아온 삶의 방식이다. 그리고 화자는 그것이 '비겁하다'는 것을 알고 있다.

'비겁하다'는 말은 '정상에 있지 않고 비껴서 있다'는 말로 되풀이된다. 정상은 해야 할 일을 하는 자리, 자신의 생각과 의견을 내세워 큰 일에 대한 문제 제기를 하는 자리일 것이다. 하지만 화자는 그러지 못하고 한 발짝 물러서 있다. 하지만 완전히 외면하지는 못한 채 외면하는 자기 자신을 보고 있다. 그리고 풀과 바람에게 묻는다. 자신이 얼마큼 작은 존재인지를. 애꿎은 대상에 대한 화풀이는 결국 자신에 대한 성찰로 이어진다.

이 한국문학사

지극히 시시한 발견이 나를 즐겁게 하는 야밤이 있다
오늘 밤 우리의 현대문학사의 변명을 얻었다
이것은 위대한 힌트가 아니니만큼 좋다
또 내가 시시한 발견의 편집광이라는 것도 안다
중요한 것은 야밤이다

우리는 여지껏 희생하지 않는 오늘의 문학자들에 관해서
너무나 많이 고민해 왔다
김동인, 박승희 같은 이들처럼 사재를 털어넣고
문화에 헌신하지 않았다
김유정처럼 그 밖의 위대한 선배들처럼 거지 짓을 하면서
소설에 골몰한 사람도 없다……

그러나 덤삥출판사의 20원짜리나 20원 이하의 고료를 받고 일하는
14원이나 13원이나 12원짜리 번역 일을 하는
불쌍한 나나 내 부근의 친구들을 생각할 때
이 죽은 순교자들을 어떻게 생각해야 하나

우리의 주위에 너무나 많은 순교자들의 이 발견을
지금 나는 하고 있다

나는 광휘에 찬 신현대문학사의 시를 깨알 같은 글씨로 쓰고 있다
될 수만 있다면 독자들에게 이 깨알만 한 글씨보다 더
작게 써야 할 이 고초의 시기의
보다 더 작은 나의 즐거움을 피력하고 싶다

덤삥출판사의 일을 하는 이 무의식 대중을 웃지 마라
지극히 시시한 이 발견을 웃지 마라
비로소 충만한 이 한국문학사를 웃지 마라
저들의 고요한 숨길을 웃지 마라
저들의 무서운 방탕을 웃지 마라
이 무서운 낭비의 아들들을 웃지 마라

덤삥 덤핑(dumping, 싼 가격으로 물건을 파는 일).

지극히 시시한 발견   🔍

화자는 '지극히 시시한 발견'을 한다. 그것은 '나를 즐겁게' 하고, 또 '우리 현대문학사의 변명'이기도 하다. 화자 자신이 '시시한 발견의 편집광'이라는 것을 알지만, 그래도 이 시시한 발견을 말하지 않고서는 견딜 수 없다. 그만큼 이 시시한 발견은 즐거운 일이다. 그런데 이 발견은 '야밤'에 이루어졌고, 화자는 '야밤'이 중요하다고 한다.

희생하지 않는 오늘의 문학자들   🔍

화자가 발견한 내용은 무엇일까? '희생하지 않는 오늘의 문학자들에 관해서 너무나 많이 고민'하느라 놓쳐버린 것. 그것은 문화를 위해 헌신하는 사람들이 없다는 것, 거지 짓을 하면서 소설에 골몰한 사람도 없다는 것이다. 즉 문학에 몸을 던진 사람이 오늘의 문학자들 중에서는 아무도 없다는 사실이다. 화자는 이런 현실을 '야밤'으로 인식한 것이 아닐까.

순교자들의 이 발견

화자는 누구인가? 그는 '덤삥출판사의 20원짜리' 번역 일을 하는 '불쌍한 나'다. 화자는 문학을 위해 희생하고 헌신했던 그들의 선배들을 '죽은 순교자들'이라 한다. 그들은 제대로 된 문학을 위해 목숨을 걸었기에 '죽은 순교자들'이다. 그런데 '우리의 주위에 너무나 많은 순교자들의 이 발견'이라는 말은 무엇일까? 화자는 20원짜리 번역 일을 하는 친구들이 '죽은 순교자들'과 다르지 않음을 발견한다. 그들 역시 문학을 위해 희생하고 있다는 사실을 '지금' 발견하고 있는 것이다.

신현대문학사의 시

오늘날 제대로 된 문학을 하는 이들이 사라진 것이 아니라 화자의 친구들처럼 덤삥출판사에게 희생당하고 있다는 사실의 발견. 순교자들의 역사가 끝난 것이 아니라 지금까지 이어지고 있다는 사실. 이것이 '신현대문학사'를 '광휘에' 차오르게 한다. 죽음으로 이어져 온 '문학사'이기에 그것은 찬란하다. 하지만 그것은 눈 밝은 화자와 같은 독자에게만 발견될 것이기에 '깨알만 한 글씨보다' 더 작게 써 내려가야 하는 '고초'의 역사이기도 하다.

낭비의 아들들 🔍

화자의 친구들, 불쌍한 그들은 자신들이 '죽음의 순교자'라는 사실을 모르기에 아직 '무의식 대중'이다. 하지만 화자가 그들을 '발견'함으로써 비로소 한국문학사는 충만하다. 그러니 저들의 고요한 숨길로 번역되는 글들을 '웃지 마라'고 한다. 저들이 문학을 위해 거지 짓을 하고 태산을 탕진하는 '무서운 방탕'을 하는 것을 '웃지 마라'고 한다. 문학을 위해서 죽음마저도 순순히 던질 수 있는 '무서운 낭비의 아들들'을 '웃지 마라'고 화자는 자신 있게 말할 수 있다.

생전의 김수영은 번역을 밥벌이로 삼기도 했는데, 그것을 <반역자의 고
독>이란 글에서 '구걸 번역'이라 비하하면서 스스로를 깎아내렸다. 하지만
번역을 우습게 보지는 않았다. 오히려 잘못 번역된 것을 발견하면 그것을
고치기 위해 출판사에 연락을 할 정도로 정성을 들였다. 더 나아가 김수영
은 해외 유수의 작품과 평문을 번역하고 읽어가며 자신의 시를 벼리고 키워
냈다. 그러니 그런 김수영에게 번역은 한갓 입에 풀칠하는 수단만은 아니었
던 셈이다.

　이 시는 그런 자신의 번역 일에 대한 자조와 풍자를 담고 있다. 그러면서
도 자신과 같은 '불쌍한' 번역자, 즉 '순교자들' 없이는 한국문학사가 존재
하지 않는다는 자부심을 은근하게 내비친다. 평자에 따라서는 이 작품을 제
대로 된 시를 써내지 못하고 있는 자신에 대한 자기모멸이자 자기방어로 이
루어진 것이라 평하기도 하지만, 오히려 이 시에서의 '시시한 발견'이나 '무
서운 낭비' 같은 표현은 반어에 가깝다. 화자는 번역 일을 하고 있는 자신과
그 주변 친구들의 모습이 시시하고 보잘것없다고 전제하면서도, 20원짜리
번역에 매달리는 자신의 보잘것없음이 문학에 대한 희생과 헌신이며, 그와
같은 헌신이 있기에 우리의 현대문학사가 빛날 수 있는 것이라 자부하고 있
는 것이다.

꽃잎 2

꽃을 주세요 우리의 고뇌를 위해서
꽃을 주세요 뜻밖의 일을 위해서
꽃을 주세요 아까와는 다른 시간을 위해서

노란 꽃을 주세요 금이 간 꽃을
노란 꽃을 주세요 하얘져 가는 꽃을
노란 꽃을 주세요 넓어져 가는 소란을

노란 꽃을 받으세요 원수를 지우기 위해서
노란 꽃을 받으세요 우리가 아닌 것을 위해서
노란 꽃을 받으세요 거룩한 우연을 위해서

꽃을 찾기 전의 것을 잊어버리세요
　꽃의 글자가 비뚤어지지 않게
꽃을 찾기 전의 것을 잊어버리세요
　꽃의 소음이 바로 들어오게
꽃을 찾기 전의 것을 잊어버리세요

꽃의 글자가 다시 비뚤어지게

내 말을 믿으세요 노란 꽃을
못 보는 글자를 믿으세요 노란 꽃을
떨리는 글자를 믿으세요 노란 꽃을
영원히 떨리면서 빼먹은 모든 꽃잎을 믿으세요
보기 싫은 노란 꽃을

꽃을 주세요   🔍

김수영은 시를 쓸 때 반복법을 즐겨 활용했는데, 이 시에서 '꽃을 주세요'의 반복은 강조를 넘어서서 주술적인 효과까지 일으키고 있다. '꽃을 주세요'라는 말이 논리와 감정을 뛰어넘어 독자에게 최면 효과를 일으키고 있다는 뜻이다. 따라서 이 시에서는 '꽃을 주세요'라는 말이 어떤 의미인가를 파악하는 것이 작품 이해의 핵심이다. 그렇지만 '꽃'이 무엇을 의미하는지 단정하기가 곤란하다. 별다른 정보가 없기 때문이다. 꽃을 수식하는 말들이 저마다 흩어져 있어서 그 의미망을 파악하기가 쉽지 않다. '꽃을 주세요'라는 말이 '우리의 고뇌'를 위해, '뜻밖의 일'을 위해, '아까와는 다른 시간'을 위해 요청되고 있다. 그렇다면 '꽃'은 어떤 문제 상황을 해결하기 위해 필요한 긍정적인 것 정도로 볼 수 있겠다.

노란 꽃을 주세요   🔍

1연에서의 '꽃'은 '노란 꽃'으로 구체화된다. 노란 꽃은 '금이 간 꽃'이고 '하얘져 가는 꽃'이며, '넓어져 가는 소란'이기도 하다. '금이 간 것'은 불완전함을 뜻한다. 김수영은 <사랑>에서도 '금이 간 너의 얼굴'이란 시구로 불완전함을 표현한 바 있다. '하얘져 가는 꽃'이란 시들어가는 모습일 것이다. 완성된 형태, 정지된 상태가 아니라 끝을 향해 움직이는 존재이다. 그리고 '넓어져 가는 소란'은 소리의 확산이다. 김수영은 '소리' 또는 '소란'을 긍정적인 의미로 활용하기도 하는데, 여기서는 새로운 것을 가져오는 기운의 확산으로 해석할 수 있다. 결국 노란 꽃은 '완성되지 않은 것, 바뀌어 가는 것, 새로운 것'으로 해석할 수 있다.

노란 꽃을 받으세요 🔍

3연은 1연의 반복 또는 변형이다. 앞에서의 '주세요'가 '받으세요'로 바뀌고 있는데, 이것을 주체와 대상 사이의 대화로 풀이해서 설명하기도 한다. 김수영은 젊은 시절 연극에 몰두한 적이 있는데, 연극에서의 영향이 여기에 반영되었다고 보아도 좋다. 만약 이렇게 접근한다면 <꽃잎 2>는 '꽃'을 둘러싼 두 사람의 대화라고 볼 수 있다.

　1연과 3연의 형태가 비슷하다는 점을 염두에 두고 다음과 같이 짝지을 수 있다.

우리의 고뇌 - 원수를 지우기 위해

뜻밖의 일 - 우리가 아닌 것을 위해

아까와는 다른 시간 - 거룩한 우연을 위해

'꽃'을 혁명의 순간이라 풀이하는 쪽에 기대면, 혁명은 우리의 원수를 지우는 것이며, 모두를 위하는 것이며, 새로운 시간과 새로운 우연을 만나는 것이라 할 수 있으니, 나름의 설득력을 지닌다. 또한 '꽃'을 시(詩)라고 본다면, 문학의 존재 의의를 풀어 이야기한 것으로 설명할 수 있을 것이다.

4연의 구조 🔍

4연은 독특한 형태를 취하고 있다. 내용 측면에서 '주다'와 '받다'라는 행위의 대칭에서 '잊다'와 '믿다'라는 사고(思考)의 대칭으로 전환된다. 시행의 배치 역시 특이하다. 2, 4, 6행을 한 칸씩 들여 썼다.

4연에서는 '망각'을 이야기한다. '꽃을 찾기 전의 것을 잊어버리라는 것'은 '꽃' 이전의 상황과의 단절·절연이다. 즉 과거와의 결별이다. 망각은 새로운 역사의 시작이다. 새로운 시작은 망각을 통하지 않고서는 불가능한 것이다. 이 망각을 통해 꽃의 글자는 비뚤어지거나 비뚤어지지 않고, 꽃의 소음은 들어올 수 있다. 꽃의 글자, 꽃의 소음(소리)에 주목하여 꽃을 '시(詩)'라고 생각해 보면, 새로운 작품의 창작은 이전의 것을 잊어버릴 때 새롭게 열린다고 풀이할 수도 있다.

내 말을 믿으세요

'꽃' 이전의 것을 부정한 다음에 '내 말'을 믿으라는 전언이 뒤따른다. 이전의 시간과 단절하고 새로운 것이 시작될 때, 그것은 자칫 미덥지 않은 것일 수 있다. 4·19혁명 이후의 한국 사회가 겪은 혼란과 좌절이 그렇고, 프랑스 대혁명 이후의 프랑스 역시 그러하다. 그렇기에 화자는 '내 말을 믿으라'고 간곡히 요청하는 것이다. '꽃' 이후의 그것은 어디로 나갈지 알지 못하는 것이기에 '못 보는 글자'이며, 완전히 자리 잡은 것이 아니기에 '떨리는 글자'이다. '꽃'이 완성을 위해 나아갈 때 무수한 '꽃잎'들은 떨리며 떨어질 것이기에 '빼먹은 꽃잎'일 수 있다. 꽃잎이 무수히 떨어져 빼먹은 꽃, 그렇기에 그 꽃은 '보기 싫은 노란 꽃'이지만, 그럼에도 우리는 그 '노란 꽃'을 믿어야만 한다. 새로움이란 언제나 그렇게 부족한 상태를 비집고 오기 때문이다.

《김수영 시어 사전》에 따르면 '꽃'은 김수영이 '사랑' 못지않게 생전에 즐겨
쓴 시어 중 하나이다. 김춘수에게 '꽃'이 존재의 본질을 보여주는 탐구의 대
상이었듯이, 김수영에게도 '꽃'은 지속적인 탐구의 대상이었다. 그에게 '꽃'
은 피고 지는 행위의 반복을 통해 새로운 세계를 창조하는 것, 삶과 죽음이
교차하며 '없던 세계가 새로이 탄생하는' 시의 본질과 통하는 것이었다. 그
렇기에 <꽃잎> 연작은 김수영이 추구했던 시적 세계의 본질을 보여주는 비
밀통로의 역할을 한다. 또한 그 때문에 여느 시보다 그 뜻을 탐구하기 어려
운 난해시로서의 면모도 뚜렷하다.

　<꽃잎> 연작 1, 2, 3은 각각 1967년 5월 2일, 7일, 그리고 30일에 쓰였다.
세 편의 시가 연달아 쓰인 것은 그의 창작 습관에 비추어 볼 때 이례적인 일
이다. 김수영은 4·19나 5·16 같은 어떤 계기가 없이는 시를 연달아 쓴 적이
없다. 그렇다면 1967년 5월에 김수영에게는 어떤 계기가 있었을까?

　김수영의 삶이나 당시 시대적 상황을 살펴보면 그에게 영향을 끼쳤을 외
부적 계기는 찾기 어렵다. 그렇다면 이 <꽃잎> 연작은 시인의 내면에서 쏟
아져 나온 창작 욕구, '꽃'에 대한 탐구의 절정으로서 분출된 에너지가 만들
어낸 것이라 보아도 좋다.

　이 시는 각 연의 시작마다 청유형의 문장이 놓여 있다. 이 문장을 옮겨보

면, '꽃을 주세요 - 노란 꽃을 주세요(1연의 확장) - 노란 꽃을 받으세요(1, 2연의 전환) - 꽃을 찾기 전의 것을 잊어버리세요(1~3연의 부정, 거부) - 내 말을 믿으세요(1~4연의 긍정, 수용)'의 흐름이라는 것을 알 수 있다.

'꽃을 주세요'라는 기본 구조가 변형·반복되면서 의미를 확대해 가고 있음을 알 수 있다. '꽃'을 혁명의 순간으로 보건, 시 창작의 고뇌로 읽건 '꽃'에 대한 집요한 탐구가 시 전체에 걸쳐 이루어지고 있는 것이다. 이 시에 대한 기존의 해설들은 집요한 반복을 통해 발생하는 주술적 효과에 주목하면서 김수영의 모든 시편을 통틀어 반복의 효과가 가장 잘 이루어진 작품으로 꼽았다. 내용 면에서도 '꽃'이라는 시적 주제에 대한 탐구가 결실을 거두어 1960년대 한국 사회가 새로운 세계로 나아가고자 하는 모색의 순간을 그려내었다는 평가를 받고 있다. "아직 태어나지 않은 세계가 탄생하는 순간에 관여하는 것이 바로 시"라는 김수영의 말이 <꽃잎> 연작으로 표현된 것이다.

의자가 많아서 걸린다

의자가 많아서 걸린다 의자가 많아서 걸린다 테이블도 많으면
걸린다 테이블 밑에 가로질러 놓은
엮음대가 열리고 테이블 위에 놓은
미제 자기 스탠드가 울린다

마루에 가도 마찬가지다 피아노 옆에 놓은
찬장이 울린다 유리문이 울리고 그 속에
넣어둔 노리다께 반상세트와 글라스가
울린다 이따금씩 강 건너의 대포 소리가

날 때도 울리지만 싱겁게 걸어갈 때
울리고 돌아서 걸어갈 때 울리고
의자와 의자 사이로 비집고 갈 때
울리고 코 풀 수건을 찾으러 갈 때

삼팔선을 돌아오듯 테이블을 돌아갈 때
걸리고 울리고 일어나도 걸리고

앉아도 걸리고 항상 일어서야 하고 항상
앉아야 한다 피로하지 않으면

울린다 시를 쓰다 말고 코를 풀다 말고
테이블 밑에 신경이 가고 탱크가 지나가는
연도의 음악을 들어야 한다 피로하지
않으면 울린다 가만히 있어도 울린다

미제 도자기 스탠드가 울린다
방정맞게 울리고 돌아오라 울리고
돌아가라 울리고 닿는다고 울리고
안 닿는다고 울리고

먼지를 꺼내는데도 책을 꺼내는 게 아니라
먼지를 꺼내는데도 유리문을 열고
육중한 유리문이 열릴 때마다 울리고
울려지고 돌고 돌려지고

닿고 닳아지고 걸리고 걸려지고
모서리뿐인 형식뿐인 격식뿐인
관청을 우리 집은 닮아가고 있다
철조망을 우리 집은 닮아가고 있다

바닥이 없는 집이 되고 있다 소리만
남은 집이 되고 있다 모서리만 남은
돌음길만 남은 난삽한 집으로
기꺼이 기꺼이 변해가고 있다

노리다께 반상세트 도자기를 만드는 일본 회사인 '노리타케 컴퍼니'에서 만
  든 식기 세트. 금테를 두르고 테두리와 중앙을 꽃무늬로 장식했다.

연도(沿道) 큰 도로의 양쪽.

돌음길 빙 둘러서 멀리 돌아가는 길.

의자가 많아서 걸린다   🔍

의자가 많아서 걸리고, 테이블도 걸린다. 그 서슬에 테이블 아래 엮음대는
문이 열리고, 테이블 위의 미제 자기 스탠드는 울린다. 의자와 테이블과 엮
음대와 스탠드는 무엇일까? 그건 살림살이다. 그런데 이 살림살이들이 화
자의 삶을 풍요롭게 만드는 것이 아니라 억누르고 걸리적거리고 방해하고
맞선다. 걸린다는 것, 살림살이에 발이 걸린다는 건 단순히 오고 가는 걸 방
해한다는 의미가 아니다. 자신의 삶의 방식과 맞부딪힌다는 의미다.

강 건너의 대포 소리   🔍

'노리다께 반상세트'는 일본의 도자기 회사에서 만든 고급 식기세트를 말
한다. 풍족한 살림살이라는 것을 드러내고 있다. 앞서 반복되던 '걸린다'는
어느새 '울린다'로 바뀌었다. 오며 가며 걸리는 건 일회성이지만, 울리는 건
지속되는 일이다. 이제 화자의 삶의 방식에 맞서는 것들이 집 안 곳곳에서
지속적으로 울리며 화자를 괴롭히고 있다. 그런데 울리는 대상들 중에 '강
건너의 대포 소리'가 추가되었다. 이제 한갓 집안의 살림살이 이야기에서

그치는 것이 아니라 시대적 상황으로 옮아가고 있다.

싱겁게 걸어갈 때 🔍

화자를 괴롭히는 그 소리는 '싱겁게 걸어갈 때', '돌아서 걸어갈 때', '사이로 비집고 갈 때', '코 풀 수건을 찾으러 갈 때'도 울린다. 한마디로 어느 때나 화자에게 울려오는 소리다. 좀 더 풀어보면, 화자가 자신의 생각과 뜻대로 가려고 할 때, 뜻을 꺾고 돌아설 때, 무언가를 뚫고 나가려 할 때, 속에 막힌 것을 꺼내려 할 때, 이 모든 순간마다 그 소리는 울린다.

삼팔선, 탱크 🔍

대포 소리는 다시 삼팔선으로 연결된다. 걸리는 것들이 집 안에서 그치는 것이 아니라 대포 소리와 삼팔선으로, 탱크 소리로 온 나라에 걸쳐 있다. 화자를 불편하게 만드는 것, 화자를 괴롭히는 것들이 사방에서 울리고 있다. 그래서 화자는 항상 '일어서야' 하고 '앉아야' 한다. 긴장하고 자신을 가다듬지 않으면 견딜 수가 없다.

먼지를 꺼내는데도

집 안 가득한 살림살이는 화자가 무엇을 하건 화자를 '울린다'. 화자의 신념이나 삶의 방식과 일치하는 혹은 화자의 삶의 방식을 안내하는 책을 꺼내는 것도 아니고, 그저 먼지를 꺼내는데도 그것들은 '울린다'. 먼지라는 사소한 것이나 아무것도 아닌 행동마저도 울리고 걸린다. 결국 화자는 아무것도 할 수 없는 상황에 놓여 있다.

관청, 난삽한 집

'관청'은 온갖 규제와 제도로, 닿고 닿아지고 걸리고 걸려지게 하는 것이다. 그것은 탁자의 모서리 같은 것이면서 남과 북을 가르는 철조망이기도 하고, 추상적으로는 형식과 격식 같은 것이기도 하다. 어느덧 화자의 집은 그렇게 화자를 옭아매는 것들로 가득 차 관청이나 철조망을 닮아가고 있다.

'소리'와 '모서리'와 '돌음길'도 화자에게 닿고 닿아지고 걸리고 걸려지는 것이다. 화자의 삶의 방식에 맞서는 것들, 그것들은 바로 '적'이다. 화자는 적으로 둘러싸여 어찌할 바 모르는 '바닥이 없는' 집에 잠겨들고 있다.

이 시는°°°°°°

이 시는 김수영이 사망하기 두어 달 전에 쓰였다. 이때는 살림살이가 제법 풍족한 편이었다. 김수영은 상업고등학교를 나와 수리(數理)에는 밝았지만 이재(理財)에는 밝지 못했다. 오히려 살림을 늘리는 재주는 아내 김현경에게 있었다. 김현경이 펴낸 회고록 《김수영의 연인》을 읽으면 김현경의 재주로 살림살이가 풍족해진 마포 구수동 시절의 세간을 얼추 살펴볼 수 있다.

시에서 소개되듯이 미제 자기 스탠드, 노리다께 반상세트를 비롯해 피아노, 신형 금성라디오, 큼직한 원목테이블 같은 살림살이가 집 안을 채웠다. 그렇지만 김수영은 풍족한 살림살이가 불편했다. 그 재물들이 자신을 압도하여 물신주의에 휩쓸리지는 않을까 경계했다.

이 시는 살림살이에 대한 불편함에서 시작해서 자신의 삶의 방식을 가로막는 것들이 집 안뿐 아니라 도처에 넘쳐나고 있으며, 그것들이 자신을 옥죄어 움직이지 못하게 되는 상황을 '걸리다'와 '울리다'의 집요한 반복을 통해 강조하고 있다. '걸리다'와 '울리다'의 무수한 반복은 결국 화자에게 '관청'과 '철조망'과 '우리 집'이 서로 닮아가고 있다는 깨달음을 던져준다.

이렇듯 화자를 걸리게 하고 울리게 하는 것, 화자를 돌리는 것, 화자와 맞서는 것은 한마디로 말해 '적'이다. 화자는 사방이 적으로 둘러싸인 집의 내부에 놓여 있다. 그 적들은 화자의 온몸을 울리며 화자를 압박한다.

더욱 의미심장한 것은 '기꺼이 기꺼이 변해가고 있다'는 진술이다. 여기서 '기꺼이'라는 표현은 이러한 변화가 자신의 욕망에 의한 것일지도 모른다는 불안감을 드러내는 것이다. 화자가 굳세게 맞서고 있는 모든 적들이 실상은 적이 아니라 자신이 기꺼이 그쪽에 투항할지도 모른다는 불안감이 이 시를 울리고 있다.

사랑의 변주곡

욕망이여 입을 열어라 그 속에서
사랑을 발견하겠다 도시의 끝에
사그러져 가는 라디오의 재갈거리는 소리가
사랑처럼 들리고 그 소리가 지워지는
강이 흐르고 그 강 건너에 사랑하는
암흑이 있고 삼월을 바라보는 마른나무들이
사랑의 봉오리를 준비하고 그 봉오리의
속삭임이 안개처럼 이는 저쪽에 쪽빛
산이

사랑의 기차가 지나갈 때마다 우리들의
슬픔처럼 자라나고 도야지우리의 밥찌끼
같은 서울의 등불을 무시한다
이제 가시밭, 덩쿨장미의 기나긴 가시가지
까지도 사랑이다

왜 이렇게 벅차게 사랑의 숲은 밀려닥치느냐

사랑의 음식은 사랑이라는 것을 알 때까지

난로 위에 끓어오르는 주전자의 물이 아슬
아슬하게 넘지 않는 것처럼 사랑의 절도는
열렬하다
간단도 사랑
이 방에서 저 방으로 할머니가 계신 방에서
심부름하는 놈이 있는 방까지 죽음 같은
암흑 속을 고양이의 반짝거리는 푸른 눈망울처럼
사랑이 이어져가는 밤을 안다
그리고 이 사랑을 만드는 기술을 안다
눈을 떴다 감는 기술—불란서 혁명의 기술
최근 우리들이 사일구에서 배운 기술
그러나 이제 우리들은 소리 내어 외치지 않는다

복사씨와 살구씨와 곶감씨의 아름다운 단단함이여
고요함과 사랑이 이루어 놓은 폭풍의 간악한

신념이여
봄베이도 뉴욕도 서울도 마찬가지다
신념보다도 더 큰
내가 묻혀 사는 사랑의 위대한 도시에 비하면
너는 개미이냐

아들아 너에게 광신을 가르치기 위한 것이 아니다
사랑을 알 때까지 자라라
인류의 종언의 날에
너의 술을 다 마시고 난 날에
미대륙에서 석유가 고갈되는 날에
그렇게 먼 날까지 가기 전에 너의 가슴에
새겨둘 말을 너는 도시의 피로에서
배울 거다
이 단단한 고요함을 배울 거다
복사씨가 사랑으로 만들어진 것이 아닌가 하고
의심할 거다!

복사씨와 살구씨가
한 번은 이렇게
사랑에 미쳐 날뛸 날이 올 거다!
그리고 그것은 아버지 같은 잘못된 시간의
그릇된 명상이 아닐 거다

사랑을 발견하겠다

우리는 욕망을 사랑이란 이름으로 포장하고는 한다. 그런데 화자는 욕망의 입을 열어 사랑을 발견하겠다고 한다. 욕망 안에 숨겨진 진짜 사랑을 발견하겠다는 선언이다. 결국 이 시는 욕망의 껍질을 벗겨낸 진짜 사랑을 찾아가는 이야기다.

라디오의 재갈거리는 소리, 강 건너의 암흑, 3월을 바라보는 마른 나무들의 사랑의 봉오리, 그리고 그 속삭임이 안개처럼 이는 쪽빛 산. 화자가 찾아낸 사랑의 다른 모습이다. 라디오 소리는 떨어져 있는 사람들 사이를 이어준다. 사랑은 혼자서 할 수 없다. 사랑은 사람과 사람을 이어주고 연결하고 하나로 만든다. 그런데 이 소리는 진짜 사랑이 아니다. '사랑처럼 들리'는 것뿐이다. 그 소리가 지워지는 곳, 거기에 진짜 사랑이 있다.

강 건너에는 사랑하는 암흑, 화자가 알지 못하는 미지의 세계가 있다. 그리고 거기에 3월을 바라보는 마른 나무들의 새잎이 돋고 꽃이 피고 생명이 피어난다. 생명은 사랑이다. 생명의 속삭임이 안개처럼 이는 곳, 쪽빛 산에 사랑이 가득하다.

도야지우리의 밥찌끼

진정한 사랑을 알기엔 '우리'는 턱없이 부족하다. 도시는 쪽빛 산의 반대에 놓여 있는데, 거기 살고 있는 '우리'는 돼지처럼 밥을 축내기만 한다. 사랑이 아니라 욕망을 채우며 살고 있다. 그렇기에 '우리'가 밝히는 이 밤의 불빛, 서울의 등불들은 돼지우리의 밥찌끼와 같다. 그것을 깨달은 화자에게 진정한 사랑은 아픔과 같다. 그래서 사랑은 가시밭이며, 가시를 지닌 넝쿨장미의 기나긴 가지인 것이다.

사랑을 만드는 기술

'사랑을 만드는 기술'은 눈을 떴다 감는 기술, 불란서 혁명의 기술, 4·19에서 배운 기술이다. 눈을 떴다 감는 기술은 개안(開眼)의 기적이다. 불란서 혁명은 전복(顚覆)이다. 4·19에서 배운 기술 역시 다르지 않다. 그것은 한마디로 천지개벽, 새로운 세상이 열리게 하는 기술을 말한다. 그러한 사랑의 기술은 '간단(間斷)'이며 '열렬한 절도의 순간'이다. 죽음 같은 암흑 속에서 고양이 눈처럼 반짝이는 순간이다.

171

역사는 과거에서 미래로 끊임없이 흐르지만, 그런 시간의 흐름이 멈춘 듯 느껴지는 순간이 있다. 그것은 바로 불란서 혁명이나 4·19혁명의 순간처럼 사회의 모든 열정과 에너지가 하나로 모여 끓어오르는 시간이다. 그것은 또한 사랑의 시간이다. 그렇기에 '간단(잠시 끊어짐)'인 것이고, 암흑 속의 반짝임인 것이다. 요컨대, 사랑이란 암흑 속에서 반짝이는 눈망울 같은 것이고, 캄캄한 암흑을 잠시나마 환하게 빛나게 하는 것이다. 그것은 복사씨와 살구씨가 펄펄 날뛰는 시간이기도 하다.

아름다운 단단함   🔍

'복사씨와 살구씨와 곶감씨의 아름다운 단단함'이라는 이미지는 1연의 '욕망이여 입을 열어라 그 안에서 / 사랑을 발견하겠다'와 연결된다. 이 씨앗들은 달콤한 과육 안에 숨겨져 있다. 달콤하고 부드러운 과육을 벗겨내고 나서야 후대의 생명이 자라날 씨앗을 발견할 수 있다는 점에서, 이 씨앗들은 '사랑'의 다른 이름이다. '폭풍의 간악한 신념'이란 말은 쉽게 이해되지 않는다. '신념'을 꾸미는 '간악한'이란 말이 어렵다.

4·19혁명의 실패를 통해 화자는 구호와 신념만으로는 혁명이 성공할 수

172

없다는 사실을 깨닫게 된 것 같다. 혁명은 구호와 신념 이상의 것, 즉 사랑이 있어야만 성공할 수 있다는 것을 지적한 것이 아닐까? 그러한 사랑이 가득한 도시는 위대하며 그 무엇에도 비할 바 없이 크다. 화자가 묻혀 사는 사랑이 가득한 위대한 도시에 비하면 봄베이도 뉴욕도 서울도 모두 개미와 마찬가지다.

미쳐 날뛸 날 🔍

화자가 발견한 사랑은 '광신(狂信)'이 아니다. 아들은 그 사랑이 무엇인지 알기 위해 더 자라나야 한다. '먼 날까지' 가기 전에 아들은 이 사랑의 의미를 발견할 것인데, 그것은 바로 '복사씨' 같은 '단단한 고요함'이다.

복사씨와 살구씨는 단단하지만 그 내면에 생명의 싹을 품고 있다. 고요히 때를 기다린다. 그때까지 무엇도 이 씨앗을 부술 수 없다. '한 번은 이렇게 사랑에 미쳐 날뛰는 날'은 언젠가 올 혁명의 날, 사랑의 날에 대한 기대이다. 아들의 시간에 꼭 그런 날이 올 것이라는 믿음이다. 지금 이 잘못된 시간 자체를 바꿀 수는 없지만, 제대로 된 미래를 상상하고 명상할 수는 있다. 지금 아버지는 이 잘못된 시대에, 미래에 언젠가 올 환희와 혁명과 사랑의 순간을 고대하며 복사씨처럼 살구씨처럼 견디고 있다. 중요한 것은 '사랑'이 어떤 완성된 형태로 아들에게 전해지는 것이 아니라 '씨앗'으로 전해진다는 데 있다. '씨앗'은 가능성에 머무는 것이다. 그 씨앗이 싹을 틔우고 새로운 생명을 일궈내기 위해서는 아들이 도시의 피로 속에서도 가슴에 새길 말을 발견해 내야 한다. 그런 때에 아들은 비로소 '단단한 고요함'을 배우고, 복사씨가 사랑의 다른 이름이란 것을 깨닫고 미쳐 펄펄 날뛸 수 있을 것이다.

이 시는°°°°°°

이 시를 읽기 위해서는 '사랑이란 무엇인가'에 대한 답을 스스로 찾아 헤맬 각오를 해야 한다. 인간이 살아온 이래 가장 오래된 질문이자 가장 새로운 질문이라 할 '사랑이란 무엇인가?'에 대한 김수영 시인 나름의 해답이 바로 이 작품이며, 시인의 생각에 대해 독자 스스로가 자신의 생각을 밝혀볼 필요가 있기 때문이다.

'변주곡'은 어떤 주제를 바탕으로 하여 리듬이나 선율 등에 변화를 주어 만든 악곡을 말한다. 변주곡에서는 어떤 주제가 제시되고 그 주제를 리듬과 음률의 변화를 통해 반복한다. 이 시에서도 그러한 주제의 변주가 등장한다. 그것은 '사랑'에 대한 변주이다.

첫 번째 변주는 아버지의 시간에서 아들의 시간으로 이행되는 변주이다. 이 시에서 아버지에 해당하는 화자는 자신이 발견한 사랑을 아들에게 '살구씨'의 형태로 전하는데, 그 살구씨는 아들이 그 씨앗에 새길 말을 발견함으로써 완결된다.

두 번째 변주는 쪽빛 산에서 도시로 이행되는 변주이다. 쪽빛 산에만 있던 사랑은 화자가 사랑의 의미를 발견하고 깨달으면서 '사랑의 도시'에도 깃들게 된다.

세 번째 변주는 '나'에서 '우리'로 이행되는 변주이다. '나'에게, 그리고

'너'에게 사랑의 의미를 묻던 화자는 그것이 '우리'에게서만 가능하다는 것을 깨닫는다.

이 세 가지 사랑의 변주를 통해 김수영은 사랑의 정의를 다시 내린다.

그에게 사랑은 '눈을 떴다 감는 기술'이며 '불란서 혁명의 기술'이자 '4·19에서 배운 기술'이다. 화자는 '사랑을 만드는 기술'을 안다. 그에게 사랑이란 새로운 세계에 대한 개안(開眼)이며, 역사의 도도한 흐름을 일순간 정지시키는 혁명의 순간이다.

'사랑을 만드는 기술'이라는 표현은 사회심리학자 에리히 프롬의 유명한 저서 《사랑의 기술(The Art of Loving)》을 떠올리게 한다. 김수영이 이 책을 접했는지는 알 수 없으나, 이 책에서 프롬이 이야기한 '사랑'에 대한 진술과 김수영의 생각은 유사하다. 사랑은 빠지는 것이 아니라 행하는 것이며, 누군가를 사랑한다는 것은 단순히 강렬한 감정만을 쏟아내는 것이 아니라 결의이고 판단이며 행동이자 약속이라는 것이다.

욕망이 나에게 결핍된 것을 충족시키고자 하는 수동적 감정이라면(비워지기 전에는 채울 수 없으니까), 사랑은 지금의 나를 다른 존재로 바꾸고자 하는 능동적 감정이다(정지된 상태의 나에서 또 다른 나로 움직이니까). 사랑의 기술은 삶의 기술이란 말과 다르지 않다. 사랑은 완성된 형태의 어떤 감정이나 대상이 아니라 진행 중인 어떤 상태에 가깝다. 사랑은 완성되지 않고 지속된다. 어떤 존재끼리의 만남과 관계의 지속, 이를 통한 기쁨의 충만, 그것이 사랑이라 부를 만한 어떤 것이다.

풀

풀이 눕는다.
비를 몰아오는 동풍에 나부껴
풀은 눕고
드디어 울었다.
날이 흐려서 더 울다가
다시 누웠다.

풀이 눕는다.
바람보다도 더 빨리 눕는다.
바람보다도 더 빨리 울고
바람보다 먼저 일어난다.

날이 흐리고 풀이 눕는다.
발목까지
발밑까지 눕는다.
바람보다 늦게 누워도
바람보다 먼저 일어나고

바람보다 늦게 울어도
바람보다 먼저 웃는다.
날이 흐리고 풀뿌리가 눕는다.

눕고 드디어 울었다   🔍

1연에서 풀은 날이 흐리고 바람이 불어 '드디어' 울게 된다. '비'와 '동풍'은 풀을 눕게 하고 울게 한다는 점에서 '풀'과 대립되는 어떤 부정적 존재로 해석하는 것이 일반적이다. 하지만 동풍은 전통적으로 봄바람, 즉 식물에게 생명을 불어넣는 바람으로 인식되었다는 점에서 오히려 풀을 살리는 것으로 볼 수도 있다. 풀과 바람의 의미를 확정하는 것보다는 바람에 의해 풀이 눕게 되었다는 둘 사이의 관계에 주목하는 것이 좋다.

바람보다 먼저 일어난다   🔍

2연에서부터는 바람과 풀의 관계가 역전된다. 1연에서 날이 흐리고 비를 몰아오는 동풍에 나부껴 눕게 되는 수동적인 풀이, 2연에서는 바람보다 '더 빨리' 눕거나 울고, '더 먼저' 일어난다. 여기서 주목할 것은 '더', '먼저'와 같은 수식으로 강조되고 있는 풀의 주체적이고 능동적인 움직임이다. 그렇다면 어떻게 풀이 바람보다 먼저 움직일 수 있을까? 그것은 풀이 스스로 움직이려는 주체일 때만 가능하다. 다시 말해, 풀을 생명력을 가진 존재로 인식할 때 풀은 바람을 앞설 수 있는 것이다.

늦게, 먼저 🔍

3연에서 풀은 가장 낮은 곳, 즉 '발목까지 발밑까지' 눕는다. 2연에서 풀이 바람보다 앞서는 능동성이 강조되었다면, 3연에서는 늦게 시작해도 먼저 끝내는 속도감, 바람을 앞서는 역동성이 두드러진다. 상식적으로 보면 풀을 움직이는 것은 바람이므로 바람보다 빠를 수 없지만, 풀이 바람보다 빠를 수 있다는 인식의 전환은 '울음'에서 '웃음'이 나올 수 있다는 생각으로 연결된다. 풀과 바람 사이의 관계의 역전에서 생기는 긴장이 풀의 울음을 웃음으로 바꾸어놓는 것이다.

1968년 6월 15일, 김수영은 술자리에 귀가하다가 버스에 치여 숨지고 만다. 이 시는 바로 그 보름 전인 5월 29일에 쓰였고, 《창작과 비평》에 김수영 시인의 유작으로 소개되었다. 국어 교과서에 단골로 수록되어 이제는 김수영의 대표작으로 널리 알려진 이 시는 실상 김수영 시에서 예외적인 모습이다.

김수영 특유의 격렬한 감정의 표출은 담담한 관찰과 묘사로 대체되어 있고, 비속어나 요설도 사라지고 없다. 남은 것은 풀과 바람이 서로 대립하거나 어우러지며 연출하는 어떤 풍경이다. 그렇지만 이 시는 김수영의 세계관이 도달한 어떤 정신적 경지를 보여주는 작품으로 모자람이 없다.

한동안 이 시는 '현실참여시'로 평가되면서 1960~1970년대의 민중운동, 민중문학을 대표하는 작품으로 인식되었다. '풀'과 '바람'을 대립적 관계로 설정하고, '풀'을 끈질긴 생명력을 가진 민중의 상징으로 읽어내는 방식이다. 물론 그런 해석이 타당성도 있지만, 그렇게 단순화하기엔 이 시가 담고 있는 뜻이 작지 않다. '풀'과 '바람'의 상징 혹은 알레고리를 어떻게 읽어내느냐에 따라 이 시가 이야기하고자 하는 바가 다양하게 펼쳐질 수 있고, 그 점이 바로 이 시가 훌륭한 이유이다. 따라서 이 시는 '풀'과 '바람'의 관계에 유의하면서 독자 자신의 관점으로 읽어내는 것이 좋다.

먼저 이 시에서 눈에 들어오는 것은 '풀'과 '바람' 같은 대립 쌍이 여럿 배치되어 있다는 점이다. '눕다 : 일어나다', '먼저 : 늦게', '울다 : 웃다'의 대립이 바로 그것인데, 이 대립을 어떤 식으로 풀어내느냐에 따라 작품의 의미가 달라진다. '풀'을 끈질긴 생명력을 지닌 민중으로 보고, '바람'은 민중을 억압하는 권력으로 풀이하는 민중문학의 관점으로 읽을 수도 있고, '풀'의 생명력을 노래하는 존재론의 관점으로 읽을 수도 있다.

다만 중요한 것은 '풀'과 '바람'의 관계가 '먼저'와 '늦게' 그리고 '울다'와 '웃다'의 대립을 거치면서 풀이 바람을 앞서는 관계의 역전이 일어난다는 것이다. 바람이 불어 풀이 눕는 것이 상식적이지만, 시인은 오히려 풀이 바람에 앞설 수도 있다는 어떤 시적인 진실을 발견했고, 그것을 이 작품에 담아놓았다.

그가 발견한 시적인 진실은 1960년대의 어두움을 응시하던 시인이 그 어두움 속에서 새로운 희망을 발견한 것이라 보아도 좋다. 절망과 어둠 속에서, 바람에 밀리고 쓰러지는 풀의 모습에서, 시인은 끝내 웃음을 길어 올릴 수 있었다. 그것이 김수영 시가 마침내 도달한 자리였다. 가장 낮은 자리까지 내려갈 때 그것이 가장 높은 자리로 이어지는 길이라는 점을 발견한 작품, 그것이 <풀>이다.

김수영을 읽다

자유와 사랑, 자기반성과 혁명 정신

1판 1쇄 발행일 2020년 3월 23일
1판 4쇄 발행일 2024년 11월 18일

지은이 전국국어교사모임

발행인 김학원
발행처 (주)휴머니스트출판그룹
출판등록 제313-2007-000007호(2007년 1월 5일)
주소 (03991) 서울시 마포구 동교로23길 76(연남동)
전화 02-335-4422 **팩스** 02-334-3427
저자·독자 서비스 humanist@humanistbooks.com
홈페이지 www.humanistbooks.com
유튜브 youtube.com/user/humanistma **포스트** post.naver.com/hmcv
페이스북 facebook.com/hmcv2001 **인스타그램** @humanist_insta

편집책임 문성환 **편집** 윤무재 **디자인** 유주현
용지 화인페이퍼 **인쇄** 청아디앤피 **제본** 민성사

ⓒ 전국국어교사모임, 2020

ISBN 979-11-6080-372-3 43810